KEITAI
SHOUSETSU
BUNKO
野いちご SINCE 2009

俺が意地悪するのはお前だけ。

善生茉由佳

○STARTS
スターツ出版株式会社

カバー・本文イラスト/榎木りか

私が"男嫌い"になったのは、全部『悪魔』みたいなアイツのせい。
　もう２度と会いたくなんてなかったのに……。

「久しぶりだね、花穂」

　数年後、地元に戻ってきた彼は、ニンマリと口角を持ち上げて、意地悪く微笑んだ。

「なんで俺以外の男と関わらせないようにしてきたかわかる？」
「そ、そんなのわかんないよ……っ」
「じゃあ、わかるまで"また"たっぷりいじめてあげようか？」
「!?」

　意地悪男子に翻弄される日々のはじまりはじまり。

俺が意地悪するのはお前だけ。♡
登場人物紹介

牧野花穂 (まきのかほ)

ハンドメイド好きの高校1年生。小さいころ、幼なじみの蓮に意地悪されてから男子が苦手に。高校で再会した昔とは違う蓮に、なぜかドキドキして…。

植野朱莉 (うえのあかり)

バレー部所属のボーイッシュな美女。男子が苦手な花穂をいつもフォローしてくれる親友。

☆ contents

♡プロローグ　　　　　　　　8

♡1st　悪魔、再び。
◆悪魔の再来　　　　　　　20
◆悪魔の訪問　　　　　　　50
◆悪魔の命令　　　　　　　76

♡2nd　優しい悪魔？
◆悪魔とデート　　　　　　98
◆悪魔とブレスレット　　　117
◆悪魔と涙　　　　　　　　132

♡3rd　悪魔の態度
◆悪魔が心配？　　　　　　156
◆悪魔が嫉妬？　　　　　　182
◆悪魔が反省？　　　　　　200

♡4th　相手は悪魔なのに
◆悪魔も同行　　　　　226
◆悪魔もプール　　　　239
◆悪魔もプール・2　　255

♡Last　大好きな悪魔
◆悪魔に対する気持ち　270
◆悪魔に伝えたい　　　288
◆悪魔に会いたい　　　296
◆悪魔に恋してる　　　311

♡エピローグ　　　　　325

あとがき　　　　　　　330

♡プロローグ

　男の子が苦手になったのは、隣の家に住んでいた"悪魔"のせい。

「おい、ブス。何こっち見てんだよ？」
「なんで禁止したのに、俺以外の男の前で笑ってんだよ？ キモいからほかの奴に見せんなって言っただろっ」
「お前はずっと俺のことだけ考えてればいいんだよ！」

　悪魔からの嫌がらせが続いたのは、幼稚園の頃から、アイツが転校する小6の終わり頃まで。
　奴の正体は、同じマンションの701号室に住む、同い年の幼なじみ。
　内向的な性格で、いつも何かにおびえたようにビクビクする私の態度に腹が立つのか、何かと執拗に絡まれ、毎日のようにちょっかいを出されていた。
　悪魔との思い出は、常に泣かされた記憶しかない。
　目が合うだけで「ブス」って言われ続けたせいで、男子と目を見て話すのが怖くなった。
　とくに、悪魔以外の男子と仲良く喋ると不機嫌になって「ほかの奴の前で笑うな」って何度も叱られた。
　理由は、私がブスだからって……。
　何度も言われ続けるうちに容姿に自信をなくして。

ほかの人も悪魔と同じように感じてるのかもしれないと思うと怖くなって、特定の相手を除いた大多数の男子と目を見て話せなくなった。
「う、うぅ……っ」
「……また泣くのかよ」
　意地悪されて泣く度に、ため息交じりに「ウザい」と言われ、理不尽さに腹立つものの、報復を恐れて何も言い返せずにいた。

「さすがねぇ～。今回のテストも満点はひとりだけだったらしいじゃない。花穂も少しは見習わないと」
「……う、うん。お母さん」
　そんなアイツは、人前では愛想のいい優等生で、周りからの信頼も絶大だったから、私が陰で意地悪されてることに気付く人は全くと言っていいほどいなかった。

「はぁ～、カッコいい。このクラスで一番頭いいし、運動も出来るし、見た目も完璧だし、桁違いだよね～！」
「男の俺らでもアイツに憧れる奴多いもんな。ほかの奴なら女子にちやほやされていい気になりやがるって思うけど、すげーいい奴だし、納得だわ」
　クラスの人気者で女子からはモテモテ。
　男子からも一目置かれる存在。
　そんなアイツからのいじめの実態を周囲に訴えたところで、大人しくて地味な私の言うことなんて、信じてもらえ

ないのは火を見るよりも明らかで。

　悪魔を敵に回そうものならどんな仕返しがくるかわかったものじゃない。

　助けを求めたあとのことを想像すると臆してしまって、結局誰にも言い出せないまま長年ぐっとこらえ続けていた。

「花穂」

　ふたりきりになるなり私の名前を呼んで、私が小さい頃からトレードマークにしている三つ編みを引っ張ってくるのが意地悪開始の合図。

「ひっ」

　強引に振り向かされると、黒い笑みを浮かべた悪魔と目が合って、それだけでゾクリとしてしまう。

　今日は何を言われるんだろう。

　悪魔を前にしただけで体が固まって涙ぐんでいた。

　アイツとの思い出はどれも最悪だけど……。

　その中でもひとつだけ、どうしても許せなかった出来事がある。

　あれは、忘れもしない、小6のバレンタイン。

　同じマンションに住むもうひとりの幼なじみ・ヒロくんに手づくりチョコを渡そうと、2月14日の前の晩に一生懸命手づくりして、張りきっていた時のこと。

　ヒロくんは、私の部屋の隣に住む703号室の住人で、意

地悪な悪魔とは反対に、いつも優しくしてくれる。
　眼鏡がトレードマークの男の子。
　常に冷静沈着で落ち着き払っているヒロくんのことが、昔からずっと大好きだった。
　悪魔にいじめられて泣いていると、必ず「どうしたの？」って助けにきてくれる。いわばナイトのような存在。
　ほかの人は見抜けない悪魔の本性も、幼なじみのヒロくんにはお見通しなので、私が泣かされている現場に遭遇する度に「やめろよ」って仲裁に入ってくれていた。
　そんなヒロくんに、日頃の感謝を込めてお返ししようと用意した手づくりチョコ。
　どうか、今年も受け取ってくれますように……。
　チョコを渡すことで、ちょっぴりでも異性として意識してもらえたら嬉しいな。
　——なんて、淡い期待を抱きながら迎えたバレンタイン当日。
　よりにもよって、ヒロくんに渡す前に、悪魔に手づくりチョコを発見されてしまったんだ。

＊　＊　＊

「何コレ。俺にくれんの？」
「あっ……」
　学校帰り、いつものように自宅に鞄を置いてくるなり私の家に上がり込んだ悪魔は、勉強机の上に置いていたチョ

コを見つけて、ひょいと持ち上げた。
　どこか嬉しそうにニヤニヤしている悪魔に、私は顔面蒼白。
「ち、違う……」
　ふるふると首を振り、涙声で「返して」と訴えると、私の必死な様子から何かを感じとったらしい悪魔は、不快そうに眉をひそめた。
「コレ、ヒロに用意したやつ？」
「……っ」
「そういえば、毎年ヒロにだけは欠かさずチョコ渡してるもんな。俺にはくれないくせに」
　そんなの当たり前じゃない！
　意地悪ばっかりしてくる人にあげるぐらいなら、自分で食べた方がマシだもん。
　──とは口に出せず、ぐっと黙り込む。
　何も言わない私に更に苛立ちを募らせたのか、悪魔は怒った顔で問いつめてきた。
「正直に言えよ。お前、ヒロのこと好きなんだろ？」
　冷たいで目で私を見下ろしてくる悪魔。
　思いがけない質問に否定するよりも早く頬に熱が広がり、真っ赤な顔で俯いてしまった。
　ど、どうしよう。
　よりにもよって悪魔に好きな人を知られるなんて……！
　からかうネタを見つけて、ますますいじめが悪化することを恐れた私はお先真っ暗な心境に。

……終わった。
　コイツに弱味を握られるとか、いろんな意味で人生の終わりを意味してるよ。
「へぇ……。図星か」
　次に何を言われるのかと身構えた、次の瞬間。
　——ドンッ！
「きゃっ」
　いきなり体を突きとばされて、壁に背中がぶつかる。
　衝撃に目を閉じた直後、悪魔は私の顔の横にバンッと両手をついて、大声で怒鳴りつけてきた。
「ふざけんなブス！」
「っ！」
　眉間に皺を寄せて、キッと私をにらみ付けてくる悪魔。
　普段、嫌がらせしてくる時は余裕たっぷりの表情でニヤニヤしてるのに、この時は今まで見たことないぐらい怖い顔をしていて、本気でおびえてしまった。
　だって、こんなふうに怒鳴られたり、怒りをあらわにした表情を向けられたのははじめてだったから。
　こんなに不機嫌な理由がわからず、涙目でオロオロしてしまう。
「……っなんで俺じゃなくてアイツなんだよ」
　心なしか悪魔の表情が悲しそうに見えたのは、きっと気のせい。
「俺の方がずっと——」
　こっちに迫ってくる悪魔に、恐怖がピークに達した私は

大パニック。
　またひどいことを言われると身構え、一歩ずつ後ろにひいてしまう。
　怖い。怖いよ。
　助けて。
「ヒ、ヒロく……」
　無意識のうちに助けを求めようとヒロくんの名前を口にした瞬間、悪魔のこめかみがピクリと反応して、短く舌打ちする音が聞こえた。
　それとほぼ同時に、私の頬を両手で強引に持ち上げてきて――。
「……んんっ!?」
　それは、一瞬の出来事。
　目の前に影が落ちた次の瞬間、悪魔に無理矢理キスされていた。
　一方的に塞がれた唇。
　あまりにも衝撃的な出来事に意識が一瞬飛びかけたものの、すぐさま我に返って慌てて悪魔の体を突きとばした。
「な、なんで……こんなひどいこと……」
　両目から大粒の涙が溢れ出てきて止まらない。
　いくら私のことが気に入らないからって、こんなのひどすぎるよ。
「ファーストキスだったのに……」
　へなへなと床にしゃがみ込み、洋服の袖口で口元をゴシゴシ拭う。

ぽろぽろと涙を零してしゃくり上げていると、さすがにやりすぎたと感じたのか、悪魔が焦った顔になって。
「花穂。今のは悪か――」
　多分、謝ろうとしてたんだと思う。
　だけど、許せない気持ちでいっぱいだった私は、悪魔の言葉を遮るように感情的に叫んでしまったんだ。
「私はヒロくんのことが好きなのに……っ」
　って。
　はぁ……と息を荒らげて、目の前に立つ悪魔を見上げた直後。
　――ガンッ！
　悪魔は私が一生懸命作ったチョコをゴミ箱に投げ捨てたんだ。
「はっ、お前がどブスのくせに調子に乗って色気づくからだ。バーカ！」
　嫌みったらしく舌を出して、悪魔が私の部屋から出ていく。
　乱暴に閉じられたドアを呆然と見つめながら、悔しさで胸がいっぱいになっていた。
「……うっ……ひどいよぉ……」
　部屋に残された私は、すぐさまゴミ箱に捨てられたチョコを取り出して、ぎゅっと抱き締める。
　ひどい。
　いくら私が気に入らないからってこんなのひどすぎるよっ。

「ど、して……私ばっかり、こんな目に遭わなきゃいけないの……?」
　嫌がらせでキスするほど嫌われてたの……?
　そんなに私の存在がウザい?
　今回ばかりはさすがにショックすぎて涙が止まらないよ。
「ラッピングも崩れちゃった……」
　昨日の夜、一生懸命包装したのに、見事にぐちゃぐちゃ。
　箱は潰れているし、中身を開けてみたら、ハート形のチョコレートが真ん中から真っぷたつに割れてる。
　まるでチョコに込めたヒロくんへの想いごと粉々に踏みにじられたみたいですごく悲しかった。

　　　　　　　＊　＊　＊

　……最低。
　アイツなんか大っ嫌い!
　もう絶対、何をされても反応しない。
　口もきいてやるもんかっ。
　そう固く決意をして、悪魔を無視し続けていたある日のこと。
『——え? 引っ越した?』
『ええ、そうよ。花穂には自分の口から説明するから言わないでほしいって頼まれてたんだけど、何も聞いてなかったの?』

♡プロローグ >> 17

　朝、いつもの時間になっても私の家に訪れず、学校へ行っても悪魔の姿が見当たらないという日が続き、何かあったのかと気にしながら帰宅したのだけれど。
　帰るなり、この日たまたま夕飯の支度をしていたお母さんに悪魔のことを訊ねた私は、衝撃の事実を知らされて、ポカンとしてしまった。
　それは、悪魔が遠くの県に引っ越したという一大ニュース。
　詳しく話を聞いてみると、父親の都合で２か月前から引っ越しの準備をしていたらしい。
　……悪魔がうちに来ることはあっても、私から悪魔の家に行くことは滅多にないので、全然気付かなかった。
　悪魔は、クラスメイトはおろか、隣の部屋に住んでた私や幼なじみのヒロくんにさえ本当のことを隠して、ひと言もあいさつなくこの町から去っていってしまったんだ。
　恐れていた相手がいなくなってほっとしたような……どこか寂しいような。
　なんとも言えない心境に陥りながらも、心の奥底では「これで明日から安心して暮らせる……！」と安堵する気持ちの方が勝って、ほっと胸を撫で下ろしていた。

　だけど、ほっとしたのも束の間。
　悪魔にされた数々の嫌がらせ行為のせいで、私はすっかり"男嫌い"になってしまっていたんだ……。

♡ 1st
悪魔、再び。

◆悪魔の再来

私の名前は、牧野花穂。

この春、高校に入学したばかりの15歳。

ハンドメイドのアクセサリーづくりが得意で、手芸部に所属している。

子どもの頃から変わらない三つ編みヘアがトレードマーク。

生まれつき色白の肌をしていて、瞳の色は透明感のある焦げ茶色、髪は1本1本の線が細くて柔らかな栗色で全体的に色素が薄い。

ぱっちりとした二重の大きな目はお父さん譲り。

小柄で細身な体形はお母さん譲りだと身内からよく言われる。

人からは「女の子らしい雰囲気」とか「大人しそうなイメージ」を持たれることが多いけど、自分ではよくわからない。

内向的な性格で、ちょっとしたことですぐビクビクしてしまう臆病者。

とくに男子を前にするとそれだけで顔が青ざめて卒倒しそうになる。

もう高校生なんだし、そろそろ過去のトラウマから抜け出して"男嫌い"を克服したいんだけど……なかなか難しい。

——と、少し話を戻して。

　細かなプロフィールをあげていくと。

　身長、151㎝。

　血液型はO型。

　好きなことは、かわいい雑貨屋さん巡りや、持ち物にアクセサリーのパーツを貼り付けて自作のコラージュをすること。

　高校は、地元の中だと偏差値トップクラスの進学校に通っている。

　成績は中の上くらい。

　可もなく不可もなくだけど、油断してるとすぐ置いていかれてしまうので、ハンドメイドをしつつ、毎日の予習復習は欠かせない。

　苦手なものは、幼なじみのヒロくんを除いた同世代の男子。

　男子とは目が合うだけで体が震えて涙目になってしまう。

　その元凶は、アイツ。

　昔、隣の家に住んでいた"悪魔"のせい。

　5月に入ってすぐの休日の午後。
「UVレジン液とミール皿と……。あとコラージュペーパーか」

　買う物を忘れないようメモ帳に書いてきたリストを頼りに、ショップの中をうろうろする。

街の中心部にある大型ショッピングモールにお出かけした私は、エスカレーターを上がってすぐ手前にある２階の手芸店に買い物に来ていた。
　昨日、お小遣いが入ったばかりなので、前から欲しかった手づくりアクセサリー用のパーツを吟味している最中。
　友達の誕生日が近いから、何か手づくりしてプレゼントする予定なんだ。
「アカリちゃんは黄色が好きだから、黄色のビーズも買っておこうかな？」
　頭の中で完成品をイメージしながらビーズコーナーの棚に移動する。
　いろんな種類があって迷うけど……。
「うんっ。これにしよう」
　瓶に入ったビーズを手に取り、籠の中に入れてレジへ向かう。
「ありがとうございましたー」
　会計後、満足いく買い物が出来た私は、茶色の紙袋に包まれた商品を胸に抱いて、ほくほく顔で店の外に出ようとした、その時。
　――ドンッ！
「きゃっ……！」
　たまたま通りかかった通行人と肩がぶつかって、手に持っていた紙袋を床に落としてしまった。
「す、すみません……」
「ごめん」

頭上から聞こえてきたのは、男の人の声。
　私が拾うよりも先に、ぶつかった相手は長い腕をスッと伸ばして袋を拾い上げると私に差し出してくる。
「これ」
「あ、ありが……」
　紙袋に手を伸ばしながら、相手の足元を見る。
　そして、エンジニアブーツの爪先から細身のパンツ、黒いカーディガン、白のカットソーと下から順番に視線を上げて、相手の顔を見た瞬間「ヒッ」と悲鳴を上げそうになった。
　なぜなら目の前に立っている彼が、目鼻立ちの整った長身の美形だったから。
　目にかかるギリギリの長さの前髪に、光沢のある黒髪。長い睫毛に縁どられたくっきり二重の鋭い目に、スッと通った鼻筋、薄い唇、シャープな顎のラインが小顔の中にバランス良くおさまっていて完璧に配置されている。
　私より頭ひとつ分以上高い身長は、パッと見るからに180㎝以上あるのは明らか。
　スラリと伸びた長い手足と抜群のスタイル。
　何よりも目を引く綺麗な顔立ちは、そこら辺の芸能人よりもオーラがあって、まるで後光が射しているよう。
　ま、まぶしすぎて直視出来ない……！
　普通なら、これだけのイケメンと遭遇したらラッキーってはしゃぐのが正しい反応だと思う。
　——でも、私の場合は違う。

相手がイケメンであるなしにかかわらず"同世代の男子"というだけで体が震えだし、涙目になってしまう。
「あれ？　君、もしかして……」
「ご、ごめんなさいっ」
　──バッ！
　半ば奪い取るように男の人から紙袋を受け取り、くるりと背を向けてダッシュする。
「あっ、おい……！」
　お礼を言うどころか一目散に逃げ出す私に、背後から何か声をかけられたけど、一度も振り返ることなく全速力でその場をあとにした。
　ああ……、またやっちゃった。
　条件反射の悪い癖。
　ぶつかったあげくに、文句も言わず落とした物を拾ってくれた相手になんて失礼なことを……。
　頭では悪いことをしたと思いつつ、男子と話すだけで拒絶反応が体に表れてしまう私は、鳥肌の立った腕をさすりながら、きゅっと下唇を噛み締めた。
　……こんなふうになったのもみんな"悪魔"のせい。
　アイツに植えつけられた根深いトラウマのせいで、異性と話すことはおろか、至近距離で目を合わせただけで全身に拒否反応が出てしまう。
　小さい子どもや大人は平気なのに、同世代の男子だけはどうしても駄目なんだ。
　同い年の悪魔を連想させて、無条件で恐れてしまう。

本当に、本当に、ごめんなさい……っ！
　心の中でぶつかった人に謝りたおしながら涙目で走りさる。
　相手は何も悪くないのに。
　むしろ、親切で拾ってくれた相手に対して、自分がしたことは最低すぎる。
　失礼な態度をとってしまった自分に自己嫌悪しつつ、私をこんなふうにした"元凶"を思い出して、キリキリ胃を痛めていた。

「どうしたの、花穂？　そんな泣きそうな顔して」
「ヒ、ヒロくん……」
　ショッピングモールから逃げ出した約30分後。
　女性専用車両の電車に乗って地元まで戻ってきた私は、憂鬱な気分で自宅のマンションまで帰り、エントランスホールでエレベーターが降りてくるのを待っていた。
　そこでバッタリ遭遇したのが、隣の部屋に住む幼なじみのヒロくん。
「顔色悪いけど、もしかして"いつも"のアレ？」
　長い付き合いのヒロくんは、ズーンと沈んだ様子の私を見て、すぐにピンときたらしい。
「……うん。至近距離で目を合わせちゃって」
「場所は？」
「ショッピングモールの中……」
　しょんぼり肩を落として白状する私に、ヒロくんは中指

で眼鏡のブリッジをクイと持ち上げて、息を吐き出す。
　今回の被害者に対して「ご愁傷様」と告げているような、涙目の私になんて言葉をかけるべきか考えあぐねているような困り顔。
　実は、つい先日、高校生になったのを機に男嫌いを克服するってヒロくんに宣言したばかり。
　──にもかかわらず、あっさり発言をくつがえすようなことをしてしまって激しく猛省していた。
「花穂の気持ちもわかるけど、見ず知らずの相手に迷惑をかけるのは感心しないな」
「ぐ。ごもっともです……」
　ヒロくんの正論がグサグサと胸に突きささって、服の上から左胸のあたりを押さえる。
　悪魔をよく知るヒロくんは、私が男嫌いになった原因を知っているので、昔から何かと気にかけてくれて、トラウマの克服方法をいろいろ考えてくれるんだけど……。
　どの提案も実行に移す前に体が拒否して、ことごとく失敗に終わってしまう。
　今回は、相手の顔を見る前に逃げるのをやめて、少しでも目を見て話す訓練から始めようってアドバイスをもらってたのに、3秒も持たずに逃げ出してしまった。
「まあ、慌てたところでどうにかなるものでもないし。気長に少しずつ、だな」
　落ち込む私を見かねて、小さい子をあやすように優しく頭を撫でてくれるヒロくん。

眼鏡の奥で優しく細める目に、トクンと甘い鼓動が鳴って、じわじわ頬が熱くなる。
　ヒロくんのアドバイスを無下にして尚、毎度同じことを繰り返す私を呆れもせずに「ゆっくりでいいよ」って励ましてくれる。
　こういう時、さりげなく気遣ってくれるヒロくんの優しさにいつもキュンとするんだ。
「そ、そういえば、ヒロくんもどこかに行ってきたの？」
「図書館。先週借りた本を返しにいくついでに、また違うやつ借りてきた」
　ほら、と肩にかけていたトートバッグを広げて、中身を見せてくれるヒロくん。
　分厚いハードカバーの本が２冊と、文庫本が３冊。
　どれも背表紙のタイトルから推理物であることがわかり、相変わらず探偵の話が好きなんだなぁと子どもの頃から変わらない部分にほっこりする。
　前にヒロくんの部屋の小説を借りて読んでみたけど、文章や内容が難しすぎて、途中で読むのをやめちゃったっけ。
「お。来たな」
　ようやくエレベーターが１階まで降りてきて、ポーンと音を立てながら目の前で扉が開く。
　ふたりで乗り込むと、ヒロくんが７階のボタンを押し、上に到着するまでの間に学校の宿題や家族の話をして、短い雑談を楽しんだ。
　"ヒロくん" こと矢島浩之は、お隣の703号室に住む私の

幼なじみ。

　同い年の私達は、小・中・高と同じ学校に通っていて、ほぼ毎日一緒に登校している。

　ヒロくんは地毛が茶色っぽくてふわふわした天然パーマ。

　髪が長いとうねりも目立つので、定期的に床屋で短くカットしてるみたい。

　子どもの頃から視力が弱くて、幼稚園の頃から眼鏡をかけている。

　そんなヒロくんは優等生で、成績は常に学年の中で５位以内。

　私は大体『中の上』なので、勤勉で真面目なヒロくんを尊敬してばかり。

　同世代の男子と比べて、どっしり構えたように落ち着いた性格のヒロくんは、どんな物事も冷静に見きわめて対処してくれる、すごく頼りになる存在。

　大人っぽくて、物静かで、声を荒らげたところなんて一度も見たことがない。

　昔からヘタレで泣き虫な私の世話を焼いてくれる、お兄ちゃんのような存在。

　──って、私はヒロくんのことを「ひとりの男の子」として意識して特別な目で見ているから、妹みたいに思われたら嫌なんだけど……。

　エレベーターの中で会話しながら、チラッとヒロくんの横顔を盗み見て思う。

ヒロくんがいてくれて本当によかったなぁ、って。
　悪魔のせいで男子が苦手になって以降、唯一、緊張せず普通に話せるのはヒロくんだけ。
　その理由はおそらく、子どもの頃からずっと、ヒロくんのことが好きだから……。
　ヒロくんは私を「ただの幼なじみ」としか思ってないだろうし、当分告白する勇気もないんだけど。
　でも、いつか……。
　ちゃんと伝えられたらいいな。
　ヒロくんのことが誰よりも大好きだって。
　素直な気持ちを伝えたい。
　でも、引っ込み思案の私には直接言えそうもないので、いつかの日のためにこっそりラブレターを書いて用意してるんだ。
　今はまだこの関係を崩したくないから、渡せずにいるけど……。
　毎日、机の引き出しにしまってあるヒロくん宛てのラブレターを取り出しては、いつかこの中に書いた想いを自分の口から伝えられますように……ってお祈りしてる。
「そういえば、おばさん達から聞いた？」
「？」
　それぞれ家の前に着いて、玄関ドアに鍵を差し込もうとしたら、ふと思い出したようにヒロくんが話しかけてきて、きょとんと首を傾げてしまった。
　おばさん達からって……最近、うちのお母さんから何か

聞いてたっけ？
　身に覚えがなくて、なんのことだろうと疑問符を頭上に浮かべていると。
「その顔は聞いてないっぽいな。……まあ、どのみちすぐわかるか」
「すぐわかるって、なんの話……？」
「いや、なんでもない。下手に動揺させるのも悪いし黙っとく」
「ええっ。そこまで言われたら気になるよ」
「ま、困ったことがあればすぐ頼ってよ。じゃあね」
　片手を上げ、玄関のドアを開けて隣の家に入るヒロくん。
　含みを持たせる言い方が気になったものの、わざわざ問いつめるほどでもないし。
　うーん。けど、なんか釈然としないなぁ。
　今日はショッピングモールで男の人とぶつかっちゃうし。
　ヒロくんにも意味深なことを言われて不安になるし。
　でもまあ、どのみち『すぐわかる』って言ってたから、そこまで気にしなくてもいいよね？
「そんなことより、アカリちゃんにあげるアクセサリーを作らないと！」
　やろうとしていたことをハッと思い出して、急いで家の中に入る。
「ただいま……って、ふたりはまだ仕事中か」
　玄関で靴を脱いでリビングに向かうと、家の中はシーン

と静まり返っていて、両親の不在を知らせていた。
　いつものことなので、そのまま真っ直ぐ自分の部屋に向かい、部屋着に着替えて勉強机に向かう。
　私の両親は共働きで、ふたり共夜遅くにならないと帰ってこないので、小さい時から鍵っ子だった。
　中学に上がる頃にはひと通りの家事をこなせるようになっていたので、今はひとりで留守番することがほとんど。
　正直言えば、寂しい時もあるけど。
　そういう時は、趣味のアクセサリーづくりに没頭して、楽しいことで頭をいっぱいにしている。
　子どもの頃から手先を使って物づくりするのが大好きだった。
　それが誰かにあげるプレゼントなら尚のこと。
　今回は何を作ろうかな？
　相手が喜んでくれた時のことをイメージするだけでわくわくして、アイテムづくりだけじゃなく、プレゼント用のリボンや包装紙を選ぶ作業まで楽しくて仕方ない。
　完成した作品を写真に撮ってSNSに投稿すると、ネット上にアップした画像を見て、たくさんの人達が「いいね」してくれたり、感想コメントを書き込んでくれる。
　顔も知らない人達だけど、頑張って作った物を褒めてもらえるのは単純に嬉しくて、創作活動のやる気に繋がっている。
　大人しくて目立たない存在の私にとって、ハンドメイドに取りくむ時間は何よりも大切なかけがえのない時間なん

だ。
「アカリちゃんには、バッグチャームを作ろうかな？」
　机の前に座るなり、今日買ってきた材料をテーブルの上に広げて、どんなアイテムを作ろうか思考する。
　かわいいバッグチャームにしたいから形はどうしようかな。
「バッグチャームだけじゃなくて、今日買ったビーズで何か作ろうかな。でもせっかくなら……」
　ひとりだからいいけど、ブツブツ呟いて手作業している光景ははたから見るとちょっと異様かもしれない。
「よし、決めた！　明るい配色で揃えて、かわいい感じに仕上げよう」
　そうと決めたら作業開始。
　アクセサリーが完成するまでの間、夜遅くまで作業に没頭していた。

　こうしてひとりの時間を楽しめるようになったのは、悪魔から解放されて自由になれたからこそ。
　アイツがいた頃は、ハンドメイドの趣味を知られようものなら完成したアイテムを馬鹿にされて、下手したら壊される危険性もあったから、うかつに知られるわけにはいかなかったしね。
　ただ、自由を得られたのはいいけれど、悪魔が去ったからといって"男嫌い"が払拭出来るわけでもなく、困ったこともたくさんあった。

悪魔が私に残した爪痕(つめあと)は深かったんだ。

男子と話すどころかまともに目も合わせられず、近くにいるだけで萎縮(いしゅく)しきってしまう。

小学校、中学校となんとか耐(た)えてきたけど、高校は男子のいない女子高を志望。

死に物狂いで受験勉強に励み、ようやく迎(むか)えた試験当日。

本番直前で風邪(かぜ)をひいた私は、高熱を出して、まさかの不合格。

２次募集でなんとか挽回(ばんかい)をと思ったものの、よりによって肺炎(はいえん)を患(わずら)ってしまい、緊急入院。

その結果、第１志望と第２志望の女子高はまともな試験を受ける前に落ちてしまい、共学校へ進学するハメになってしまった。

唯一、ヒロくんと同じ高校だったのは幸いしたけど。

でも、本音(ほんね)を言えば、男子のいない場所で安心した学校生活を送りたかった。

受験に失敗した事実は取りけせないし、やむをえない事態になったのも体調管理を怠(おこた)っていた自分のせい。

だから、今更文句を言ってもしょうがないんだけど。

もしあの時、風邪をひかなかったらって考える度、つらい気持ちになる。

それでも、私の事情を知ってるヒロくんが学校生活のサポートをしてくれたり、私のクラスには同じ中学だった友人のアカリちゃんがいて行動を共にしてくれたり、男子を前にしてパニック状態に陥る私をいつもふたりが守ってく

れる。

そのおかげで、なんとか今日まで無事に平穏な日々を過ごしてこれた。

ヒロくんとアカリちゃんには感謝しきれないほど、いろんな面で助けてもらってるんだ。

だからこそ、なるべく迷惑をかけないよう、静かな高校生活を送りたかったのに……。

まさか、ヒロくんが意味深なことを口にした翌日、とんでもない事態に巻き込まれることになるなんて、この時の私は夢にも思っていなかったんだ。

「アカリちゃん。これ、少し早いけど、バースデープレゼント」

翌朝、学校に着くなり、先に来ていたアカリちゃんの席まで行き、さっそく彼女にプレゼントを渡した。

「えっ、嘘!? あたしにくれるの?」

かわいくラッピングした袋を受け取り、目を輝かせて「いいの!?」と確認してくるアカリちゃん。

かなり興奮してるのか、子どもみたくはしゃぐ姿がかわいくて、クスッと笑みを零してしまう。

私からのプレゼントをこんなに喜んでもらえるなんて、単純に嬉しいな。

「ねえねえ、袋開けてもいい?」

「う、うんっ」

私がうなずくと、アカリちゃんはリボンをほどいて、袋

から中身を取り出した。
「わっ、すご！」
「アカリちゃん、黄色やオレンジ色が好きだって言ってたから、ビタミンカラーのアクセにしてみたよ」
　私がアカリちゃんに贈ったのは、UVレジン液で作った香水瓶形(こうすいびんがた)のバッグチャームと、同系色のビーズで作ったブレスレット。
　彼女に似合うよう一生懸命考えて作った物なので、
「ありがとう、花穂！　ずっと大切にするっ」
　感謝の気持ちを表すようにアカリちゃんが私を抱き締めてスリスリ頰ずりしてくるから、思わず照れ笑いしてしまった。
「あはは。くすぐったいよ、アカリちゃん」
「自分だとなかなかこういうアクセって買えないし、女の子っぽいものが似合わないのもわかってるから敬遠してたけど……本当はちょっと憧れてたんだ。だからほんとに嬉しい」
　すぐさまスクールバッグにバッグチャームをつけて、腕にブレスレットをはめて「どうかな？」とはにかむアカリちゃんに、似合ってるよって褒めたらさっきよりも強い力でぎゅっとハグされた。
"アカリちゃん"こと植野朱莉(うえのあかり)ちゃんは、頼れる姉御肌(あねごはだ)タイプのしっかりした女の子。
　臆病者で泣き虫な私と違って、サバサバした性格で裏表がなく、いつも困った時に助けてくれる大好きな親友。

170㎝の高身長で、髪も運動しやすいようにベリーショートにしてるから、パンツスタイルだと男の子に間違われることもあるみたいなんだけど……。
　本当はすごく綺麗な顔をしていて、オシャレやメイクをしたらスタイル抜群の美人さん。
　女子バレー部に所属してるので、ボーイッシュな見た目になるのは仕方ないけど、私はずっと前からアカリちゃんをかわいい女の子だと思ってる。
　実際、整った顔立ちをしてるしね。
　ただし、うちはわりと校則が緩いせいか、アカリちゃんはブレザーの代わりに体育着のジャージを着て、スカートの下にもハーフパンツをはいてることが多いんだけど。
　そのせいか、人目を気にせず股を広げて椅子に座ったり、床にあぐらをかいたり。
　そういうところは直してほしい部分かな？
　せっかくの美人さんなのに、ハラハラしちゃうんだよね。
　大口を開けて「ガハハ」と大笑いする豪快な一面も素敵だとは思うけれど。
　だって、本来のアカリちゃんは、下手したら私以上に"かわいいもの好き"な乙女だから。
　そんなアカリちゃんと仲良くなったのは、今から３年前の中１の時。
　家庭科の授業で裁縫を習っていたんだけど、家庭科室でミシンの使い方に苦戦していた彼女を手助けしてあげたのが最初に話すようになったきっかけで。

やけにこなれてる私に興味が湧いたのか、裁縫が得意なのか質問してきたアカリちゃんに、ハンドメイドが趣味だと教えたら、どんなのを作ってるのか見せてほしいって頼み込まれて。

　さっそくその日の放課後、うちへ招待したら、私が作ったアクセサリーを見て「すごっ!!」って手放しで絶賛してくれたんだ。

　実は、男の子っぽい外見とは裏腹に、アカリちゃんは大の"かわいいもの好き"で、私と同じくオシャレなカフェや雑貨屋巡りが趣味だと判明。

　見た目も性格も正反対の私達だけど、好きなものが同じだったことから話が弾んで、一気に距離が縮まっていった。

　あれから３年近く経った現在は、誰よりも気の置けない存在で、大好きな親友なんだ。

　──キーン、コーン……。

「あっ、チャイム鳴っちゃったから席に戻るね」

　アカリちゃんの席で楽しく雑談していたら予鈴が鳴って、腕に日誌を抱えた担任が教室の中に入ってきた。

　ほかのクラスメイト達もバタバタしながら各々の席に着いて、日直の号令に合わせて起立する。

　そういえば……。

　担任に朝のあいさつをして着席しながら、ふとあることを思い出す。

　ヒロくんのママにリクエストされて作ったスイーツデコのストラップ、早く渡してあげなくちゃ。

今日、うちに帰ったらさっそく届けにいこう。
　少しでもヒロくんママに喜んでもらえたらいいなぁ。
　なんて、担任の話も聞かずに上の空でぼんやり考え事をしてたら。
「ちょっと時期外れだが、うちのクラスに転校生が編入してくることになった。なので、みんな仲良くするように」
　──ざわっ。
　担任の思いがけない発言にクラスメイトは騒然。
　ドッと教室中が沸いて、転校生が男か女か、すでに入り口のそばに待機してるのかと担任に質問する声が飛び交い、静粛にするよう促された。
　へぇ……。
　5月に転校生なんてめずらしいなぁ。
　入学式からひと月あまりで編入試験を受けて転校してくるなんて大変そう。
　一体、どんな人なんだろう？
「中に入って」
　担任に促されて、廊下に控えていたと思しき生徒が静かに教室の扉を開く。
　クラスメイト達は、一斉に教室の入り口に視線を注ぎ、転校生が姿を現すのを今か今かと待っている。
　かく言う私も、周りの空気に触発されて『男子かな、女子かな？　個人的には女子だといいなぁ』なんて期待に胸を膨らませていたんだけど。
「では、転校生を紹介する」

上履きの底がキュッとすれる音が響いて、転校生が教室の中に足を踏み入れた瞬間、物の見事に期待は崩れ去ってしまった。

　なぜなら、転校生は男子生徒だったから。

　がっかりする私とは真逆に、女子生徒達は彼の容姿を目にした瞬間、どよめいた。

　みんなにつられるように、もう一度だけ転校生を見つめる。

　まず先に目に飛び込んできたのは、パッと見て180cm以上ありそうな高身長。

　その次に、光沢のある黒髪と目にかかりそうな長さの前髪の下から覗く端正な顔立ち。

　長い睫毛に縁取られたくっきり二重の鋭い目、高く通った鼻筋、薄い唇、シャープな顎のラインと完璧に配置された顔面パーツ。

　どこか憂いを帯びた表情に見えるのは、落ち着いた大人っぽい雰囲気があるからかな？

　小顔で手足も長く、スラリとした体形。

　まさに芸能人並みの抜群のスタイルで、ほかの男子を貶めるわけじゃないけど、月とスッポン並みにルックスが違いすぎる。

　少し怠そうに首の後ろに手のひらを添えて、猫背気味に黒板の前まで移動してくる転校生。

　女子達の黄色い声を気にするそぶりもなく堂々とした態度なのは、注目されることに慣れきっているから？

彼が着ているのは、前の学校のものと思われる学ラン。
この人、どこかで見覚えが……。
うーんと首を傾げて必死に記憶をたどる。
あっ、そうだ！
昨日、雑貨屋さんの前でぶつかった人だ。
あの時、ちゃんと謝らないで逃げ出しちゃったし、向こうが覚えてたらどうしよう……。
——ていうか、その前になんだろう？
転校生を見たとたん、胸の奥がザワザワしだして、急に息苦しくなってきた。
「やばっ、超イケメンなんだけどっ」
「マジでレベル高すぎでしょ!!」
抜群のルックスを誇るイケメン転校生の登場に大興奮の女子達。
その反対に、一部の男子が面白くなさそうにいじけている。
「お前ら、静かにしろー」
ザワザワと盛り上がる生徒達に、担任が手に持っていた日誌を教卓に叩きつけてみんなの口をつぐませる。
でもそれは一瞬のことで、声のボリュームを下げたものの、ヒソヒソ話はやまず、全員が転校生の一挙手一投足に注目してる。
私も窓際の一番後ろの席から転校生を眺めながら、どうして彼の顔を見てるとモヤモヤするんだろうと首を傾げていると、黒板の前に立った転校生とパチリと目が合って驚

いた。
　なぜなら、転校生が私の顔を食い入るようにじっと見てきたから。
　えっ。
　見られ、てる……？
　たくさんの視線が転校生に向けられる中、彼の目は"私"をとらえたまま離さず、なんでそこまで凝視してくるのか意味不明すぎてこめかみに冷や汗が伝っていく。
　男嫌いなせいもあって、嫌な動機が走った直後。
　転校生がニッと口の端を吊り上げて不敵な笑みを浮かべたのを、私は見逃さなかった。
　──ゾクッ。
　瞬間、背筋に悪寒が走って。
　寒くもないのに体が小刻みに震えだし、顔からサーッと血の気が引いていく。
　この感覚、は……。
　かつて嫌というほど味わってきた"危険信号"。
"アイツ"を前にした時だけ表れた拒絶反応と全く一緒だったから。
「自己紹介するように」
　その嫌な予感を見事的中させるように、担任に促された転校生が黒板にチョークで名前を書き、振り返るなり自己紹介しはじめる。
「松岡蓮です。元々小学校までこっちに住んでたので、俺のこと知ってる人もいると思います。家の都合で編入の時

期が遅れましたが、一日も早く新しい学校生活に慣れたいので、よろしくお願いします」

さっきまでの気だるげな態度から一変。

にっこりと爽やかな笑顔を振りまいて、丁寧にお辞儀する転校生こと——【松岡蓮】。

忘れもしない、その名前は——。

「みんな、くれぐれも新しい仲間と仲良くするように。松岡の席は……そうだな。ちょうど牧野の隣が空いてるから、そこに座ってくれ。窓際から2列目の一番後ろの席だ」

「はい」

担任が座席指定した場所が自分の隣の席であることに気付き、顔色を変えてうろたえる。

じょ、冗談じゃない。

"アイツ"と隣の席になるなんて絶対に無理……！

心の中では大きく首を振って断固拒否してるのに、現実ではただ口をポカンと開けて唖然とするだけ。

そうしている間にも、松岡蓮はツカツカとこっちへ近付いてきて、距離が縮まるにつれて心拍数が跳ね上がっていく。

周りの女子が目をハート形にして熱い視線を彼に送る中、ひとりだけ涙目でチワワのように全身を震え上がらせていた。

どうにか"アイツ"に私の存在がバレない方法はないだろうかと必死に考えて、とっさに教科書で顔を隠す。

無駄な抵抗だとわかりつつも、正体がバレたくない一心

で肩を縮こまらせてビクビクしていた。
　どうか、この数年の間に"アイツ"の記憶の中から私の存在自体が消えてなくなっていますように……っ。
　──なんて、そんな必死の願いも虚しく。
「花穂」
　転校生の足音が私の席の前でピタリと止まり、目の前にふっと大きな影が落ちて。
　おそるおそる顔を上げたら、うさんくさいぐらい爽やかな笑みを浮かべた松岡蓮と目が合い、顔を隠していた教科書をひょいと奪われてしまった。
「……っ!?」
「久しぶり」
　もう逃げられない。
　絶体絶命のピンチに、脳内で黄色信号が点滅して、直後に赤に切り替わる。
「れ、ん……」
　ゴクリと唾を呑み込んで口にしたのは……かつて、散々私をいじめ抜いて"男嫌い"にさせて去っていった"悪魔"の名前。
　世界で一番再会したくなかった相手。
「ずっとどうしてるかなって気にしてたけど、元気にしてた？」
　その人物が、あの頃とは見違えるように優しい態度で話しかけてくることに驚きを隠せない。
　だって、みんなの前にいる時と違って、私の前ではいつ

も意地悪そうな顔してたのに。
　なんで……。
「花穂、昔と全然顔変わらないから、教室入ってすぐにわかったよ。花穂も気付いてたよね?」
　なんで、ほかの人と同じように気さくに話しかけてくるの?
　そんな……まるで何事もなかったかのような態度。
　少し大人になったの?
　私と会えて嬉しそうな顔してるのは、再会を喜んでいるから?
　それとも、"また"私に嫌がらせするための何かの罠？
　どっちなのか全然わかんないよ……。
「俺、こっちに戻ってくるって決まった時から花穂に会えるのを楽しみに——」
「っ……」
　蓮から目を逸らして、緊張しすぎて今にも泣きそうな顔で俯く。
　動けなくてスカートの上で両手を固く握り締めていたら。
「っ」
　蓮が息を呑む気配がして。
　反射的に顔を上げたら、すっかりおびえきった私を見て、傷付いたように顔を歪める蓮の姿が目に映った。
　蓮……?
　なんでそんな顔するのかわからず首を傾けるものの、何

も身に覚えがないので困惑してしまう。
「あ、あの……」
　私が言いかけた直後。
「……今のところはまあいいか」
　蓮がボソッと何か呟いて。
　それから気を取りなおしたように意地悪そうな顔つきになって、気になる発言をしてきた。
「その反応だとまだ何も聞いてない？」
「な、何も聞いてないってなんの話……？」
「俺、今日からまた隣の部屋に住むことになったんだ。帰ったら、引っ越しの荷物が届いてるはずだけど」
「え……？」
　また隣の部屋に越してくる、って――。
　耳を疑うような言葉に目を見開いて愕然としていると。
「隣のよしみだし、荷ほどきの手伝いしにきてくれる？」
　あの蓮が〝私に〟爽やかな笑みを浮かべて、命令口調ではなく普通にお願いしてきた。
　それだけでも衝撃的なのに。
「!!」
　――ピシャーンッ!!
　突拍子もない発言に、まるで落雷したような衝撃を受けて白目をむきそうになる。
　隣の部屋に住むってことは、また元の家に越してくるってこと!?
　同じクラスに編入してきただけでもピンチなのに、緊急

事態が訪れたことを察知してガタガタと激しく肩が震え上がってしまう。
　無理無理無理っ。
　そんなの無理！
　昔のように蓮から意地悪されっぱなしの地獄の毎日にカムバックとかどんな罰(ばつ)ゲーム!?
「……ふっ」
　すっかりおびえきった私を見て鼻で笑うと、蓮は意味深な口調で「よろしく」と言って隣の席に着いた。
　今、蓮のバックに悪魔がしっぽを揺(ゆ)らしてケタケタ笑ってる幻(まぼろし)が見えた気がしたけど……。
　あ、駄目。放心して口から魂(たましい)が抜けてく。
「花穂。俺今"よろしく"って言ったよね？　返事は？」
「っ……」
　椅子に座るなり、机に片肘(かたひじ)をついてこっちを見てくる蓮。
　表面上はクラスメイトの目を意識してか人当たりのいい笑みを浮かべているものの、過去の経験上、意地悪く細められた目の意味に気付いている私は、固まって動けなくなってしまう。
　蓮の笑顔の裏を自分は知っているけれど、成長した蓮の笑顔がカッコ良すぎて一瞬見とれてしまった部分もあった。
「……は、はい」
　本当は無視したいのに、逆らったあとの報復を恐れて震えた声で返事する。すると。

「俺達、また昔みたいに"仲良く"しような？」
　蓮はニンマリと口角を持ち上げて、絶望的な言葉をかけてきた。
『仲良く』が意味するところ——それはつまり、今でも悪夢にうなされる恐怖のあの日々で。
『はっ、お前がどブスのくせに調子に乗って色気づくからだ。バーカ！』
　決して忘れはしない、地獄の日々。
　毎日、顔を合わせる度に、執拗に絡んできて意地悪してきた蓮。
　一瞬にして３年前の記憶が臨場感を持ってよみがえってきた。
　……蓮が転校して、ようやく平和な日々が訪れたと思っていたのに。
「ほら、花穂。もう１回、返事は？」
「……っ」
「あと、昨日、俺にぶつかってきたよね？」
「っ、気付いて——」
「うん。気付くに決まってるじゃん。幼なじみなんだから」
　ニコニコしながらとげのある言い方をしてくる蓮。
　昔の横暴な態度と比べてずいぶんマイルドな口調になったけれど、この嫌みな攻撃の仕方は……中身は全く変わってないってことだよね？
　ほんの一瞬、優しく話しかけられて"蓮も成長して大人になったのかも"なんて思ってしまった自分の甘さに絶望

する。
　なぜならば。
「まさか、花穂は気付かなかったわけ？」
「うっ……」
「気付いてなくてあの態度は……さすがに失礼すぎるよなぁ。ああいうことしたら、普通なんて言わなくちゃいけないか知ってる？」
　スッと目を細めて、蓮が口角を持ち上げる。
　この目つきは……。
　完全に獲物をロックオンした時の笑顔だ。
　人当たりのいい爽やかな態度とは裏腹に、目の奥で「謝れ」って訴えているのが伝わってくる。
　そう感じた直後、ビクッと肩が揺れて、条件反射で謝罪の言葉を口にしていた。
「ご、ごめ……なさ……」
「ん？　声が小さくて聞こえないなぁ」
「う、うぅ……」
　当時と変わらないどころか、見た目が大きく成長したこともあって迫力を増した蓮の威圧感に涙が込み上げそうになる。

　私を"男嫌い"にさせた張本人。
　世界で一番関わりたくない、大嫌いな存在。
　そのアイツが、まさかこの町に戻ってくるなんて。
　こんなの夢。

悪夢に決まってる！
けど、頬を指でつねってみたら——うう、痛い。
この痛みは、目の前の出来事が嫌でも現実であることを私に思い知らせる。
その瞬間、私は絶望的な気分に陥った。

——"悪魔"と最低最悪な再会を果たした、高1の5月。
こうして、蓮の再来と共に、再び私の受難の日々は幕を開けたのだった。

◆悪魔の訪問

　嘘だ……。
　あの悪魔が——蓮が、同じ高校に編入してきたなんて。
　お願いだからこれは悪い夢だって言って！
　そういくら願ったところで、蓮がこの町に戻ってきた事実は当然変わらなかったけれど。

　その日の放課後は、憂鬱な気分を引きずりながらショッピングモールへ。
　学校帰りに大好きな雑貨屋巡りをして気分を晴らそうとしたものの、気持ちは沈む一方。
　このまま家に帰れば、隣の部屋に蓮がいる。
　引っ越しの荷ほどきをするよう命令されたことを思い出すとどうしてもすぐ帰る気になれず、夕方過ぎまで時間を潰して、おそるおそるマンションに帰宅したら。
　玄関のドアを開けて、家に上がるなり、そこで更なる衝撃を受ける羽目になった。
「あ、お父さんとお母さんの靴がある……」
　ふたり揃ってこの時間帯に家にいるなんてめずらしいな。
　玄関先に並んだ両親の靴を見て、早く帰ってくる話なんてしてたっけ？と首を傾げながら廊下を歩いていたら。
　リビングの方からワイワイと賑(にぎ)やかな声が聞こえてき

て、ドアの前で足が止まってしまった。
　なぜならば——。
「おじさん、おばさん、お久しぶりです。今日からまた隣の家に住むことになったので、昔のようによろしくお願いします」
「まぁっ、蓮くん。ほんとしばらくぶりに見たけどこんなに大きくなって！　蓮くんが戻ってくること、事前にお父様から話を伺ったわ。我が家でも生活のサポートをするから、何かあったらすぐ相談してちょうだいね」
「そうだぞ、蓮くん。僕らを実の両親だと思って、なんでも遠慮せず頼りにしてくれ」
　コの字形のソファに座り、上機嫌の両親と談笑しているのが——蓮、だったから。
　リビングに足を踏み入れた私はテレビボードの前に仲良く腰かけて、和やかな雰囲気で会話する３人を目にして、愕然としてしまう。
「な、なんで!?」
　３人が座るソファの前まで行き、ビシッと蓮の顔を指差す。
　なんで蓮が家にいるのか問いただそうにも、口が金魚みたいにパクパク動くだけで言葉にならず、救いを求めるように両親に潤んだ目を向ける。
　だけど、ふたりはそれを"久々に再会した幼なじみに対する感動の涙"と誤解したのか、笑顔で相槌を打ってくる。
　違うっ、そうじゃない！

「あら、おかえりなさい。ちょうど今飲み物を用意しようと思ってたところなのよ。花穂も手伝ってちょうだい」

ソファから立ち上がり、ダイニングキッチンに向かうお母さん。

何がなんだかわからないまま、お母さんのあとについていって、状況説明を求めた。

「ど、どうして蓮がうちにいるの!?」

「どうしてって……。あら、言ってなかったかしら？　蓮くん、今日からまた隣の部屋に住むことになったのよ」

ペーパーフィルターにコーヒーの粉を入れながら、サラリと言うお母さん。

そうじゃなくて、なんで蓮が戻ってくるって教えてくれなかったの？

そのおかげで、こっちは心の準備が出来ないうちにショッキングな再会を果たす羽目になったんだよ!?

──とは、本人が近くにいる場所では叫ぶことも出来ず、ぐっと言葉を呑み込む。

でもまさか、蓮が戻ってくることを両親は知ってたなんて……。

「先月急にお父さんの海外勤務が決まって、家族で渡米する予定だったんですって。はじめは蓮くんも一緒に行くはずだったけど、まだ日本で学びたいことがあるからって、こっちに残ることにしたみたい」

蓮の家は父子家庭。

つまり──。

「えっ、おじさんが海外ってことは……？」
「日本に残ったのは蓮くんだけよ」
「ひとりで!?」
「そう。この春、松岡さんから部屋を借りていた隣のご夫婦が引っ越していったでしょう？ ちょうど良く空きが出来たのと、顔見知りの多い地元に戻って生活したいっていう蓮くんの希望で、ひとり暮らしが決まったんですって。ねえ、蓮くん」

　お母さんがカウンター越しに話しかけると、お父さんと会話していた蓮が顔を上げて、「はい、そうです！」と爽やかな笑顔でうなずく。

　何そのキラキラオーラ！
　悪巧みなんて一切してません――みたいな顔してるけど、私の前と態度違いすぎじゃない？
　裏があるのは見え見えだし、警戒は怠らないようにしないと……。
「大学進学は地元にあるT大を志望してたので。それだったら、予定よりひと足早くこっちに戻ってきて勉強した方がいいなと思ったんです」
「まあ。T大って日本でも指折りの有名大学じゃない！ 蓮くん、昔から成績優秀だったものねぇ」

　私でも名前を知ってる有名大学の名前が出てきたことにびっくりして、思わず蓮の顔を二度見してしまう。

　だってまだ高校生になったばかりなのに、もう将来のことを考えてるんだもん。

それも、まさかのT大……。
　私なんかには逆立ちしたって到底入れない難関大学だ。
「元々蓮くんの父親と僕は長い付き合いの親友だからね。学生の頃から、困った時はお互いさまに助け合ってきた仲だから、息子の蓮くんのこともきっちりサポートさせてもらうよ」
「ありがとうございます。うちの親も『牧野さん達がいるなら』って、このマンションに戻るのを許してくれたんです」
「ははっ、そうかそうか。まあ、蓮くんがT大を目標にしているって話は小耳に挟んでいたし、生まれた時から実の子と変わりなく接してきたんだ。今後も、何かあったら遠慮せず頼ってきなさい」
　威勢良く胸を叩くお父さんに蓮とお母さんが噴き出し、リビングは和やかなムードに。
　……ただひとり、愕然とする私を除いて。
「ほら、花穂も飲み物を運んだら、蓮くんの隣に座りなさい」
　コーヒーを出したら、即行部屋に逃げる予定だったのに。
　お母さんから人数分のカップがのったトレーを持たされ、ズーンと暗い顔しながら蓮とお父さんがいるテーブルの方まで運ぶと。
「花穂、こっち」
　にっこりと微笑んだ蓮が、ソファをポンと叩いて、自分の隣に座るよう促してきた。
　──蓮の近くなんて絶対嫌……っ！

だけど、蓮の手前、言うことを聞いてしまう。
　ああ、自分が情けなさすぎる……。
　ぎこちない動きを見ても娘の内気な性格をよく知ってる両親からすれば疑問に感じる点はないようで、あらあらと微笑ましそうな目を向けてくるだけ。
「花穂は相変わらず人見知りねぇ」
「相手は蓮くんなんだから緊張する必要ないだろ？　まあ、これだけ男前に成長してたら意識しても仕方ないか。あっはっはっ」
「花穂の人見知りは今に始まったことじゃないですから。──ね、花穂？」
　朗らかに笑う両親を尻目に、こっちを見て意味深な笑みを浮かべる蓮にゾクリと鳥肌を立てる。
　この顔は、絶対何か企んでる……っ。
　子ども時代のトラウマがよみがえって、クラリと眩暈しそうになった。

　──私にはふたりの幼なじみが存在する。
　マンションの同じ階に暮らす、ふたりの同級生。
　701号室の松岡家と、703号室の矢島家、そしてこの2部屋に挟まれた702号室が我が牧野家。
　偶然にも、隣に並んだ3部屋の住人の子ども達は同じ年に生まれ、それがきっかけで親同士の親交も深く、物心ついた時には家族ぐるみの付き合いをしていた。
　私の家は両親が仕事で多忙なため帰宅時間も遅く、ずっ

と鍵っ子。

　蓮の家は幼い頃に母親を病気で亡くして以来、父子家庭。

　ヒロくんの家はお父さんが単身赴任（ふにん）していて、専業主婦のヒロくんママとヒロくんの実質ふたり暮らし。

　それぞれの家庭が大変な時——主に子育て面のサポートをし合って、親達5人は、血の繋がりなんて関係なく3人を我が子のように育ててきた。

　なので、蓮とヒロくんとは兄妹みたく成長してきた感覚もあって。

　生まれた時から常に3人一緒だった。

　昔は蓮とも仲が良かったのに、いつからだろう……。

　私の何が気に入らないのか、蓮はことあるごとに私をいじめてくるようになって。

『やめろよ、蓮。花穂が泣いてるだろっ』

『——チッ。またヒロかよ』

　その都度、ヒロくんが仲裁に入り、意地悪されて泣きじゃくる私を慰（なぐさ）めてくれる——というのが日常的なパターンになっていった。

『花穂、大丈夫（だいじょうぶ）？』

『ヒ、ヒロくん……』

『……蓮も悪気があってやってるわけじゃないんだけど、いちいち不器用っていうか。許せないかもしれないけど、花穂の気を引きたいだけだからあんまり気にするなよ？』

　人をからかってばかりの蓮と違って、子どもの頃からしっかり者で落ち着いた性格のヒロくんは、何度も蓮に注

意してくれたっけ……。
　でも、ヒロくんが私をかばうほど、蓮はますますムキになって、いじめがエスカレートしていったんだ。
　蓮と違って、ヒロくんは決して私をいじめたりしないから、近くにいるだけで家族といるみたいに安心したんだ。
　人よりも泣き虫で引っ込み思案な私。
　私の前では悪魔のように意地悪なくせに、ほかの人の前では"爽やかを絵に描いたような人気者の優等生"で、表と裏でキャラが違いすぎる二重人格の蓮。
　常に冷静沈着で、私と蓮が揉める度に仲裁役を務めるヒロくん。
　そんな私達は、個性も性格もバラバラな３人だった。

　――ピンポーン。
　回想に浸ってしみじみしていると、家のインターホンが鳴ってハッと我に返る。
　やばい。今、完全に昔にトリップして現実逃避してた。
「きっと矢島さんだわ。さっき、蓮くんがうちに来てることをメールで知らせたら、ヒロくんを連れてそっちに向かうって言ってたもの」
　その言葉どおり、お母さんが玄関先まで訪問者を迎えにいくと、ヒロくんとヒロくんママがリビングに現れた。
「あらぁ、蓮くん。久しぶりねぇ。おばちゃんのこと覚えてるぅ？」
「今日、学校で顔を合せなかったからあいさつが遅れたけ

ど。久しぶりだね、蓮。元気にしてた？」
　ヒロくんママは、久しぶりに会った蓮に興奮して大はしゃぎ。
　ヒロくんも蓮に「お疲れ」と手を上げてあいさつしてる。
　みんなが揃ったところで、今夜は蓮の『おかえりなさい会』という名の手巻き寿司パーティーを我が家で開催することが発表された。
　この『おかえりなさい会』は、子ども達以上に大人の方が楽しんでる様子で、
「じゃあ、お母さん達は食料の買い出しにいってくるから、３人でゆっくりしててちょうだい」
　と子ども達を残して車で買い出しに出かけてしまった。
　い、いやいや、ちょっと待って!?
　この状況で私を置いてかないでっ。
　ヒロくんはいいとしても、蓮と同じ空間にいるなんて耐えきれないよ……。
　──と、ここでも心の悲鳴を声に出せず、大人しく両親とヒロくんママを見送ることに。
　残された私達は留守番することになったものの……。
「ヒロ、久しぶり」
「そっちも。相変わらず元気そうで何より」
　私達の斜め向かいのソファに座りながら、蓮と気軽なあいさつを交わすヒロくん。
　お、お願いヒロくん。
　今すぐ座る場所を蓮と代わって。

すがるような目でヒロくんを凝視するものの、肝心のヒロくんは数年ぶりに再会した蓮との会話で盛り上がっていて、ちっとも私のヘルプ要請に気付いていない。
　ふたりともすごく楽しそう……。
　それぞれの近況報告や、転校している間の出来事を話し合うふたりを横目に、心の中で頭を抱えて考え込む。
　どうしたら一刻も早く蓮のいないところに逃げられるの……って、あれ？
　ちょっと待って。
　ふたりの会話をよくよく聞いてると、急な編入にもかかわらず地元に戻ってきた蓮に対して、ヒロくんがそこまで驚いていないような……？
　もっ、もしかして……。
「ヒ、ヒロくんは、蓮がこっちに帰ってくることを知ってたの……？」
　震える人さし指の先をヒロくんに向けておそるおそる質問すると。
「うん。1週間くらい前に、母さんから話聞いてた」
　あっさり認められて、ポーンと目玉が飛び出しそうになった。
　そ、そんな重大な話、なんですぐ教えてくれなかったの!?
　私の愕然とした表情から心情を察したらしいヒロくんは、若干気まずそうに頬の筋肉を引きつらせて。
「花穂にも知らせておこうか考えたんだけど、どのみちわかることだし……下手に動揺させるより、当日知った方が

いろいろと受け止められるかなと思って」
　蓮の顔色をチラッと窺いながら、申し訳なさそうに「ごめん」と謝ってきた。
　決してヒロくんが謝ることじゃないけど。
　そ、そんなぁ……。
　1週間前から知ってたってことは——昨日、私に何か言いかけてたのは、このことだったの？
　ズーンと絶望的な気分になっていると。
「何その顔。俺が戻ってきて不満なわけ？」
「……っ!?」
　横からスッと蓮の手が伸びてきて、三つ編みに結んでいる私の髪の毛をクンッと強く引っ張ってきた。
　声のトーンの低さから私の態度が蓮の不愉快スイッチを押しかけていることに気付き、ガタガタと全身が震えだす。
　泣きそうな顔で横を向くと——蓮はうわべこそ爽やかな笑みを浮かべているものの、よく見るとこめかみあたりに青筋を浮かせて、瞳に怒りの炎を宿らせている。
　そんな蓮と目が合って「ヒッ」と息を呑む。
　目！　目の奥がちっとも笑ってないよ!!
「め、滅相もございません……っ」
　蓮を怒らせたら何をされるかわからない恐怖心のあまり、半泣き状態でうろたえてしまう。
「ははっ、ならよかった。花穂も久々に俺と会えて、本当は喜んでたりする？」
「っ」

笑顔だけど有無を言わせない口調。
　何がなんでも蓮が言うことに「YES」以外の返事を許さない無言の重圧感に気圧され、壊れた首振り人形のようにうなずきまくる。
　恐るべしトラウマ。
　数年ぶりの再会にもかかわらず、体に染みついたいじめられっ子気質が爆発して、あっという間に昔に引き戻されていく。
　私の反応に満足したのか、「泣くほど会いたがってたとか、ほんと俺のこと好きだよね」ととんでもないことを言いはじめて、私はぎょっと目を見開いてしまった。
　この男は、ヒロくんの前で何を言って——!?
「それにしても驚いたな。まさか、蓮が同じマンションに戻ってくるとは思わなかったから。ひとりで日本に残ったんだろ？」
「親父についてって海外のインターナショナルスクールに通うよりも日本で生活する方が気楽だったからね」
「でも、最初は親に反対されただろ？」
「べつに。うちは元々放任主義だし、俺の親父だけあって我が道を行くタイプだから。日本に残るって言った時も、とくに反対もなく『そうか』って感じだったし」
「それだけ蓮が親父さんに信頼されてるからだよ。昔からしっかりしてたしね。まあ、もし何か困ったことがあったら気軽に相談してよ。僕でよければいつでも協力するから」
「サンキュ、ヒロ」

口から魂が抜けた状態で放心している私を置き去りにして、いい感じに"再会を喜び合う幼なじみ"的な会話で盛り上がる蓮とヒロくん。
　ふたりの友情が健在なのはいいことだと思うけど……。
　さっきから蓮が私の髪の毛をいじり続けているのが気になりすぎて落ち着かないのですが。
　まるで手を離したら逃げ出すとでも思っているのか、犬のリードをしっかり繋いでいるよう。
「か、髪の毛……離して」
　小声で必死に訴えてみたものの、「そういえば、ヒロって」と聞こえないフリして華麗にスルー。
　ヒロくんもヒロくんで、蓮との会話を楽しんでいるからか、ちっとも私の異変に気付いてくれないし。
　いや、この場合、軽いちょっかいを出してる程度だから問題ないと思われてるのかもしれない。
　確かに、あからさまに意地悪されてるというわけじゃないけど……。
　髪を引っ張るけど昔みたいに痛くないし、力加減してくれてる？
　チラッと蓮の顔を盗み見たら、私の視線に気付いた蓮と目が合って優しく頭を撫でられた。
「っ……」
　なんでそんないとしそうな目で見るの……？
　イケメンに成長した蓮にドキドキして、心臓の音がうるさくなる。

だって、昔は乱暴だったのに。
　こんな……大切そうに触れられたら、反応に困っちゃうよ。
「き、着替えてくるっ」
　蓮の手首を掴んで髪から手を離させると、すっくと立ち上がり、一目散にリビングをあとにする。
　——バタンッ！
　そのまま自分の部屋に逃げ込むと、がっくり項垂れた状態で勉強机の上に手をついた。
「ど、どうしてこんなことに……」
　昨日まで平和な毎日を過ごしていたのに。
　……そりゃ"男嫌い"の弊害はあったけれど、これまでだってなんとか無事にやり過ごしてこれたし。
　トラウマを植えつけた張本人と再会するぐらいなら、その他大勢の男子におびえて暮らすぐらいたやすいというか。
　直接害を加えてくるわけじゃないんだから、きっと耐えられる。
　耐えられる——けど。
　どっちもやっぱり無理！
「なんで……？」
　どうして今更、蓮が戻ってきたの？
　私はまだ蓮にされた数々の意地悪を許してない。
　そもそも、「許す」「許さない」以前に、アイツを前にしただけで体の震えが止まらなくて、恐怖の対象としか思え

ないのに。
　ほんの数年やそこらであの"悪魔"が変わるなんて思えない。
　明日からの日々を想像しただけでお先真っ暗な気持ちになる。
「"コレ"も蓮に見つかったら大変なことになるよね……」
　机の引き出しからヒロくん宛てに書いたラブレターを取り出し、深いため息を吐き出す。
　毎日手に取って眺めては、『いつか、本人に渡せますように』ってお祈りして、意気地のない自分を励ましてきたけど。
　……もしこんなのが見つかったら、格好の餌食にされて脅しのネタに使われるに決まってる。
　小学生の時も、ヒロくんの写真を手帳に挟んでいたら、手帳を奪われて、結局返してもらえなかったし……。
「またいじめられるぐらいなら……」
　蓮に見られる前に、手紙を破り捨ててしまおう。
　そう思うものの、自らの手でラブレターを破棄することは、ヒロくんに対する想いごと否定してるみたいで躊躇してしまう。
「やっぱり出来ないよ……」
　小さく首を振って、ラブレターを胸に抱き締める。
　だって、この中にはたくさんの気持ちが詰まってるんだもん。
　そんな大事な物、簡単に捨てられないよ。

「って、何も最初から見つかること前提で考える必要ないよね！　蓮に見つからない場所に隠せばいいだけだし――」

　と言いかけた直後。

「――で？　誰に見つからない場所に"コレ"を隠すって？」

　ひょいっと後ろから誰かの手にラブレターを奪われて。

　ぎょっとして振り返ったら、私のすぐ背後に立っていた蓮が、口元に手紙を押し当ててニンマリ笑っていた。

「い、いつの間に人の部屋に入って……っ!?」

「今さっき。ヒロが一旦(いったん)家に帰るっていうから、玄関まで送って、そのまま真っ直ぐ花穂の部屋に来たのに、全く気付かないんだもん。手紙見ながらブツブツ呟いてたけど、何コレ？」

「かっ、返して!!」

　とっさに手を伸ばしたものの、あっけなく避(さ)けられて空振りしてしまう。

「へぇ……。そんなに大事な物なんだ？」

「っ！」

　しまった。

　変に取り乱したことでかえって手紙の内容に興味を持たせちゃったよ。

　爪先立ちして奪い返そうとするも、身長差があるせいで背伸びをした程度では全く手に届かず、ピョンピョン跳ねるほど「もっと頑張りなよ」ってニヤニヤしながら見下ろしてくる。

頭よりも高く腕を上げて私を見下ろしてくる蓮に、必死の剣幕(けんまく)で「……っ本当に大事な物だから返して!!」と強く訴えると。
「ええっと、なになに……。『ヒロくんへ。私はヒロくんのことが昔からずっと大好きです』──って、何これ？　もしかして、今時ラブレター？」
　封筒(ふうとう)の裏に貼ったシールをはがして中身を取り出すなり、蓮が手紙を読みはじめた。
「か、勝手に読まないで……っ」
　かあぁっ。
　羞恥心(しゅうちしん)で頬が熱くなり、涙目で懇願(こんがん)する。
　大事な手紙を盗(と)られただけじゃなく、声に出して読まれるなんて最低すぎるよ。
「……へぇ」
　手紙の内容を速読した蓮が意味深な口調で呟き、心なしか不機嫌そうに眉を寄せて、じっと私を見下ろしてくる。
　鋭い眼差(まな)しは、どこか怒りを含んでいるような苛立った様子を感じさせて、反射的に肩がビクッとなる。
　何かよからぬことを考えているのか、悪巧みしていそうなこの顔は──。
　嫌な予感にダラダラと滝汗を流していると。
「まだヒロのこと好きなの？　しぶとすぎじゃない？」
「うっ」
　蓮が呆れたように目を細めて、便箋(びんせん)を口元に当てながらとんでもないことを提案してきた。

「コレ返してほしかったら、何かひとつ俺の言うこと聞く?」

　黒い笑みを浮かべて、ジリジリと詰め寄ってくる蓮。

　壁際まで追いつめられた私は、半泣き状態で「ぜっ、絶対嫌」と首を振り、断固拒否。

　すると。

「え? 断るの? てことは、この手紙をヒロに見せてもいいんだ?」

「駄目っ」

　私が困るのをわかってて、わざと意地悪を言う蓮は、まさに"悪魔"そのもの。

　……悔しい。

　目の前の蓮が、子ども時代に私をいじめていた当時の蓮と重なって静かな怒りが込み上げてくる。

　でも、蓮の前では強気な態度に出れなくて……。

「……っヒロくんに渡さないで」

「じゃあ、どうするの?」

　子どもの頃よりもグンと背が伸びた分、上から見下ろされた時の迫力がすごくて、ビクッとしてしまう。

　有言実行タイプの蓮のことだ。

　もし断ったら、今すぐヒロくん宛てのラブレターを本人へ届けにいくに違いない。

　も、もう駄目……。

　コイツに弱味を握られたらおしまいだよ。

　絶望的な心境に陥りかけていると。

──トン……ッ。
　私の顔の横にある壁に両手をついて、蓮が完全に逃げ道を塞いでくる。
　背を屈めて私の顔を覗き込んできた彼と視線がぶつかり、反射的に顔を背けようとしたら、一瞬早く顎先を持ち上げられて。
「もう1回聞くけど……どうする？」
　強制的に目を合わせた状態で、拒否権のない質問を繰り返された。
　今にも吸い込まれてしまいそうな黒曜石のような目に見つめられて、ごくりと唾を呑み込む。
　どうする、って……。
　真面目に答えたところで蓮が望む答え以外の返事は無視するくせにずるいよ。
　あくまでも私自身が決めたってことにしようとするのは納得いかない。
　いかない、のに……。
「ど……どうしてこんなことするの？」
「今日一日、どっかの誰かさんが人のことを徹底的に無視して逃げ回ってたからじゃない？」
　蓮のとげとげしい口調に、図星を突かれて焦った私はぐっと黙り込む。
「せっかく隣の席になれたのに、俺と目を合わせないようにずっと窓の方見てたよね？」
「うっ……」

「休み時間の度に、こっちが声かける前にどっかに逃げ出しちゃうし」
「うぅ」
「放課後も『帰ろう』って誘(さそ)ったのに、聞こえないフリしてさっさと帰ってったっけ？」
「…………」
　ぜ、全部事実なだけに何も言い返せない……。
「久しぶりに再会した幼なじみに対して、あの態度はないよね普通」
「ごめ……」
「あー、傷付いたなー。いくら地元とはいえ、知らない顔が多い中、気心の知れた花穂と同じクラスになれて安心してたのに。そっちはフルシカトだもんね？」
　流暢(りゅうちょう)な話し方で人をチクチク責めたててくるのは蓮の常套(じょうとう)手段。
　でも、傷付いた表情を浮かべる蓮を見てたら、ついかわいそうに思えて。
　昔だったら、弱った姿なんて絶対見せなかったのに。
　蓮がそんな顔するなんて……と、今日一日無視したことに罪悪感が込み上げてくる。
　こういうふうに言われると罪悪感を刺激(しげき)されて、こっちが本当に悪いことした気分になるのをわかっててやってるからタチが悪い。
　正直、納得いかないけど……。
　自分は悪くないと思いつつ、この場を丸くおさめるため

に頭を下げた。
「ご、ごめんなさい……」
「それは何に対する『ごめんなさい』なわけ？」
「れ……蓮を無視するような真似して」
「じゃあ、許してほしかったらどうするの？」
「っ……」

　至近距離から顔を覗き込まれて、びくりと肩が跳ね上がる。

　挑発的な眼差しから"何がなんでも屈服させてやる"という気迫を感じて、ダラダラと滝汗が流れ落ちていく。

　もし、ここで蓮が望む答えを口にしたらどうなるか。
『おい、ブス。何こっち見てんだよ？』
『なんで禁止したのに、俺以外の男の前で笑ってんだよ？ キモいからほかの奴に見せんなって言っただろっ』
『お前は常に俺のことだけ考えてればいいんだよ！』

　あの頃の蓮と今の蓮が重なって、どくどくと嫌な心拍数が上昇していく。
「返事は？」

　私をいじめる時だけ見せる悪魔の微笑を浮かべて、ゆっくり顔を近付けてくる蓮。

　絶体絶命のピンチに、ぎゅっと目をつぶったら。
　──コンコン、と部屋のドアがノックされて。
「花穂、蓮もそこにいるのか？」

　廊下からヒロくんの声がしたのと同時に、蓮の体を両手で突きとばして、ドアを開けた。

「……あれ？　花穂、泣いてた？　なんか目が赤いけど」

　部屋に入るなり、私の目を見て、すぐさま蓮に視線を移すヒロくん。

　怪訝そうな顔つきから、私を泣かせた犯人が蓮だと疑っているのは明らかで、室内にピリッとした空気が流れる。

「もしかして、また蓮にいじめられてたんじゃ……」

　昔のことを思い出しているのか、ヒロくんが呆れた表情を浮かべた直後。

　蓮はケロッとした態度で「そんなわけないじゃん。いつの話してんの」と軽く笑いとばし、堂々と嘘をつく。

「明日の授業のこと聞いてたんだよ。そうだよね、花穂？」

「ち、ちがっ」

　蓮の作り話をとっさに否定しようとしたら、蓮が学ランの内ポケットからスッとヒロくん宛てのラブレターを私にだけチラ見せして、不敵な笑みを浮かべてきた。

『いいのか、バラして?』とでも言うように人をおちょくってくる蓮に、脅された気分になった私は、口を金魚のようにパクパクさせて絶句してしまう。

　ずるい！

　こんな時に大事な手紙を脅迫材料に使ってくるなんて卑怯だよっ。

　……と、もちろん言えるわけもなく、口元をひくつかせながら「ほ、本当だよ、ヒロくん」と蓮の嘘に同意する。

　すると、しばらく疑いの眼差しを向けていたヒロくんも納得してくれたのか、「……ならいいけど」とうなずいて

くれた。
「蓮も花穂の気を引きたいのはわかるけど、あんまりやりすぎるなよ」
「はっ、ヒロが何言いたいのかちっともわかんないな」
　蓮が私の気を引きたい……？
　ふたりの会話の意味がわからず首を傾げていると。
「そういえば、母さん達から、そろそろ買い出しから戻ってくるって連絡(れんらく)あったよ。荷物が多いから下まで取りにきてくれって」
「了解(りょうかい)。じゃあ、さっそく下行こうか。──と、その前に。花穂に明日のこと確認したらすぐ行くから、ヒロだけ先に行ってて」
「ああ。そういえば、ふたり共同じクラスになったんだっけ？　じゃあ、先に行ってるよ」
「ちょっ、待っ……ヒロくん！」
　──パタン……、と静かに閉まるドア。
　救い主の登場に安堵したのも束の間、これまた自然な嘘をついて部屋からヒロくんを追い出し、ふたりきりの状況をつくる蓮に顔面蒼白。
　膝(ひざ)から力が抜けて、フローリングの床の上にへなへなと座り込んでしまう。
「──さっきの返事。まだ聞かせてもらってないんだけど？」
　スッと私の前に屈んで、ヒロくん宛てのラブレターを指先でつまむようにしてヒラヒラと振る蓮。

三日月形に細められた意地悪そうな目とニヤリと持ち上げられた口角。
　人を追いつめることが何よりも楽しくて仕方なさそうな笑みに、ゾワリと鳥肌が立って。
　——悪魔だ。
　コイツは昔から何ひとつ変わってなんかいない、悪魔そのもの。
「早く返事聞かせてよ」
　蓮は、一度「やる」と決めたことは必ず実行に移す。
　だから、もし"NO"なんて返事をしようものなら、今すぐにでもヒロくんに手紙を渡しにいくのは明らか。
　そんなことになったら、告白する前に玉砕してしまう。
　それだけは絶対に嫌……っ。
「……れ、蓮の」
　ひっくとしゃくり上げながら、口元に手を添える。
　この先の言葉を言いたくない。
　……けど、今はこうするしかないんだ。
「蓮の言うことを……聞きます」
　だって、この交渉にははじめから拒否権が存在しないんだから。
「交渉成立」
　思いどおりの返事に、蓮が満足そうに笑った——次の瞬間。
「……っ、ん」
　蓮は顔を傾けながら、私の頬を両手で持ち上げて、強引

にキスしてきた。
　目を閉じる間もなく、唇を奪われたと表現するのが正しい状態で何度も角度を変えてキスされ、息苦しさに蓮の胸板を何回も叩く。
　でも、そうすると両方の手首を掴まれてしまい、ますます深い口づけに。
「んっ……んんっ!?」
　これ以上ないぐらい頬が熱くて、涙で視界が滲んで、息が全く吸えない。
　頭の中はいっぱいいっぱいで。
　もう、駄目……。
　酸素不足で何も考えられな——。
「……ハッ、いい表情」
　意識を手放しかける寸前、ようやく蓮の顔が離れて。
　ほっとしたのも束の間、ぐったりと倒れかけた私の体を腕に抱きとめながら、
「また前みたくたっぷりいじめてあげようか？」
　って耳元で囁かれて、ピシッと石のように全身が硬直してしまった。
　息も絶え絶えに蓮の顔を見上げて絶句する。
「明日から楽しみだね」
「!?」
　悪魔のような黒い笑みを浮かべた蓮から死刑宣告としか受け取れない衝撃発言をされた私は、あまりのショックに床に手をついて項垂れてしまった。

ど、どうしようっ。
思わず「蓮の言うことを聞く」って言っちゃったけど。
これから私、どうなっちゃうの!?

◆悪魔の命令

「In the same year, however, Maria Lister applied Semmelweis' ideas to open wounded caused by――」

なめらかな発音で読み上げられる英文に英語教師とクラスメイトは、ほうっとため息。

テキストを片手に持ち、席を立って音読しているのは隣の席の幼なじみ、松岡蓮。

完璧なリーディングに教師は絶賛。

女子達は熱い羨望(せんぼう)の眼差しを送り、今にも拍手喝(かっ)さいが起こりそうな雰囲気。

これが、蓮が転校してきた翌日の1時間目の出来事。

「松岡、この数式の答えはどうなる？」
「X＞5／2です」

2時間目。

数学の教師に指名されて、悩(なや)むそぶりなんて一切見せずにサラリと答える蓮に女子のみなさんは以下略。

「キャーッ、蓮くんカッコいい!!」
「やばいっ、運動神経まで抜群とか完璧すぎ！」

午後。体育の時間。

グラウンドで短距離の記録を計る授業で、蓮はぶっちぎりのタイムで100mを完走。

それも息を乱すことなく、走りおわったあとも余裕の表情。
　陸上部顧問の体育教師が蓮のタイムに「！」と言葉にならないほどの衝撃を受け、即座に陸上部へスカウトする事態に。
　女子は体育館で授業中だというのに、ほぼ全員がグラウンドを見渡せる扉の前に集まってキャーキャー騒いでいる。

　成績優秀、スポーツ万能。
　とどめに顔面偏差値Ｓクラス。
　芸能人並のスタイルの良さでありながら、気さくな性格とくれば、誰もがアイツを放っておかないわけで。
「ねぇ、蓮くん。今週、予定空いてる日ない？」
「クラスのみんなで松岡くんの歓迎会しようと思ってるんだけど」
「良ければ連絡先とか、SNSのID教えてもらえないかなぁ？」
　放課後になる頃には、クラスの女子はおろかほかのクラスの女子までもが蓮の元に押しかけ、教室の机まわりは大所帯でごった返していた。
「予定はそうだな……なるべく都合つくよう考えておくよ。連絡先は、ちょっと今スマホの調子がおかしくて自分じゃ確認出来ないから、隣の家に住んでる"この人"から聞き出してもらえる？　さっきのスケジュールも含めて"僕の"

窓口になってくれるから」
「!?」
　触らぬ神に祟りなしと隣の席でコソコソしてたら、急に自分のことを引き合いにを出されてぎょっとする。
　蓮の"窓口"なんて冗談じゃない。
　人を通じて連絡先を知らせるとかどこの芸能人だって突っ込みを入れたいものの——うっ。女子のみなさんの私を見る目が怖すぎて萎縮してしまう。
　蓮は机に片肘を突きながら、恐怖で固まる私を見てニヤニヤしてるし、最悪すぎる。
「え？　幼なじみ、って牧野さんと蓮くんが？」
「元々小６まで隣の家に住んでて、こっちに戻ってきた時に同じ家に越してきたんだ。ね、花穂？」
「は……はい」
　小さくうなずきつつも、どんどん肩が縮まって冷や汗が垂れていく。
　お願いだから、これ以上余計なこと話さないで。
　じゃないと、隣の家に住んでるってだけであらぬ疑いをかけられそう……。
「とりあえず、スマホが直るまでの間は花穂伝いに連絡して」
「はーい！」
　蓮の指示には素直に従う女子のみなさん。
　ニコニコと返事をして回れ右したとたん、一斉にこっちを向いて——。

「……牧野さん、わかってると思うけど、幼なじみだからってうちらを簡単に出し抜こうとしたらどうなるかわかってるよね？」
「全員フェアでいきたいから、当面の間は抜けがけナシで。松岡くんのスマホが直るまでの間、連絡係よろしく」
「そのためには私達みんなで仲良くしましょう」
　脅しとも取れる発言で釘を刺され、勝手な協定やらを一方的に結ばれて思考がスパーク状態。
　ここで連絡係を拒否したら、変に蓮との関係を疑われてひどい目に遭わされる。
　本能的に身の危険を察知した私はこくこくと首を振った。
「じゃあ、よろしくねー、牧野さん♪」
　私が言うことを聞くとわかるや否やコロッと態度を変えて笑顔になる女子達。
　たった１日でギャル系から清楚系の女子まで虜にするとは……松岡蓮フィーバー、恐るべし。
「さて。そろそろ帰ろうかな。花穂、一緒に……」
「え、えっと……帰りに寄る場所があるんだった！」
　みんなの注目を集めている今、ふたりで下校するなんて命知らずにもほどがある。
　女子のみなさんに知られたが最後、掟破りの刑でどんな処罰を下されるかわかったものじゃないし、絶対無理。
　第一、蓮とふたりっきりになること自体危険だし。
「じゃ、じゃあ失礼します……っ」

──ガタンッ。
　勢い良く席を立ち上がると、スクールバッグを抱き締めて猛ダッシュで教室をあとにした。

　なんてことだろう……。
　転校２日目にして、すでにクラスの中心人物となって、教師と生徒の信頼を勝ちえてしまった蓮。
　すっかりみんな彼の虜で。
　芸能人並のイケメン転校生の噂は学校全体を駆けめぐり、休み時間の度に全学年の女子が蓮を見に１年Ｂ組まで訪れていた。
　表面的には爽やかで人当たりのいい蓮は、誰に話しかけられてもスマートに対応していて。
　イケメンなのに全く気取らないと、男女共に好感度抜群。
　初日こそ嫉妬の目を向けていた一部の男子達ともすっかり打ち解けたようだし。
　蓮のコミュ力の高さは尊敬するけど、周囲の人達の信頼を得ていくほど私の不安も募っていく一方。
　だって、私とみんなの前で態度が１８０度違うから。
　思い返せば、昔からそうだった。
　蓮はいつだってみんなの注目を集める人気者で、学校関係者のみならず保護者間でもウケのいい優等生。
　誰に対しても平等に優しく、分け隔てのない態度。
　──だけど。
『お前、なんで俺との約束を破ってほかの奴の前で笑って

んだよ？　とくに田中と吉田の前で笑顔見せるなって言ったよな？』
『女子といるのはいいけど、俺以外の男子とふたりきりになるの禁止な。破ったら、お前が大事にしてるビーズセット、どっかに捨てるぞ』
『ハッ。花穂みたいなすぐ泣く奴、誰が仲間に入れるかよ。お前は大人しく女子と一緒にいればいいんだよ』

　なぜか、私の前ではブラックモード全開。
　"ブス"呼ばわりは当たり前。
　ひどい暴言だと『人前で笑うのは公害』とまでけなされ、鏡を見るのも怖くなるほど自分の容姿に自信を持てなくなった。
　教室にいれば男子と喋る機会なんていくらでもあるのに、蓮以外と話すと異様に機嫌が悪くなって八つ当たりされるから、ほとんどの男子と口をきけなくなった。
　このままだといけないと改善する努力をしたこともある。
　担任に頼まれた伝言を伝えようと勇気を振り絞って男子に近付けば、なぜかどこからともなく蓮がスッと現れて『あっち行けブス』と小声で耳打ちされてビクッとなった。
『男子に用事あるなら俺が伝えるから、お前は関わんな』
　そんなふうに、異性と絡むのを妨害されて。
　元々内向的な性格の私は、家族やヒロくんの前以外だとうまく話せず、自然と孤立しがちに……。
　その原因は、確実に蓮のせい。

蓮にいじめられてなければ、もっと周囲に溶け込めたのに。
　ほかのクラスだったヒロくんが登下校を一緒してくれたからまだ救われたものの、教室ではいつもポツン状態で寂しい思いをしていた。
　もはや、私がひとりになるよう仕組んでいたとしか思えない。
　でも、なんで私ばっかり……？
　同じ幼なじみなのに、ヒロくんには意地悪してないのに。
「……それだけ私を嫌ってるのかな？」
　マンションのエントランスホールでエレベーターが１階まで降りてくるのを待ちながら深いため息。
　自分で言っておいて、それが事実なら傷付くな……なんてしょんぼりしてしまう
　相手が誰であれ人に嫌われるのは悲しいことだもん。
　なんにしても憂鬱なことに変わりはない。
　たとえそれが、蓮相手だとしても。
　はぁ……、とさっきよりも大きなため息が零れて、肩を落としていると。
「花穂、どうかしたの？」
「ヒロくん……っ」
　後ろから話しかけられて振り向いたら、ちょうど学校から帰宅したばかりのヒロくんとエレベーターの前で鉢合わせた。
「元気ないけど、何かあった？」

「う、ううん。とくに何もないよ」
　とっさにごまかしたものの、さすが長い付き合いだけあって異変を感じとるのか、ヒロくんの表情が訝しげになって。
「もしかして、蓮のこと？」
「え？」
「昔、よくいじめられてただろ？　だから、前みたく何かされるんじゃないかってビクビクしてると思って」
「ヒロくん……」
　何も話してないのに、どうして私の気持ちがわかるの？
「う、うん……実は、ほんの少し」
　蓮におびえてることを正直に打ち明けたら、ヒロくんは「大丈夫」って微笑んで、優しく頭を撫でてくれた。
「蓮だってあの頃より成長してるし、子どもじみた嫌がらせはしないと思うよ。……大体、あれは花穂を独り占めしたくてやってたようなものだし」
　後半は声が小さくて何を言ってるか聞き取れなかったけど、優しく励ましてくれるヒロくんにうるっときそうになる。
　……でもね、ヒロくん。
『すでに嫌がらせされてます』とは言えず、ぎこちない笑みを返す。
　だって蓮はちっとも変わってなんかいない。
　むしろどSに磨きがかかって昔よりもタチが悪くなってる。

その証拠に、昨日、ヒロくん宛てのラブレターをアイツに奪われ——。
「あ、ああ、うう～……」
「えっ、急に呻いてどうしたの？」
　……言えない。
　手紙をネタに脅されてるなんて知られたら、ヒロくんに私の気持ちがバレちゃうもん。
　ラブレターの件のみならず、不意打ちでキスされたとか、ヒロくんにだけは絶対に知られたくない。
「挙動不審だけど、本当に大丈夫？」
「だ、大丈夫。急に数学の課題を思い出して憂鬱になっただけだから」
「ああ、花穂は数学苦手だもんね」
「う、うん。でも頑張って勉強するよ」
　えへへ、と力なく笑う私に、
「花穂のそういう何事にも諦めずに取りくむ姿勢は偉いと思うよ」
　ヒロくんは穏やかな眼差しで微笑んでくれて、ぽんと肩を叩いてくれた。
「いつも言ってるけど何か困ったことがあったら、すぐ僕に相談しなよ？」
「……うん。ありがとう、ヒロくん」
　気にしてもらえることが嬉しくて頬がじんわり熱くなる。
　嬉しいような、照れくさいような、くすぐったい気持ち。

昔からいつも私の異変に気付いて、真っ先に心配してくれるヒロくん。
　彼の優しさに甘えすぎないよう、私ももっとしっかりしなくちゃ。
　そのためにも……うん。
　やっぱり蓮のことは自分で解決しよう。
　ラブレターもなんとかして取り返して、キスしたことも一生黙っててもらうんだ。
　ムンッと手でガッツポーズを作って、気合を入れなおしてると。
　ヒロくんの鞄から着信音が鳴って、エントランスホールに響き渡った。
「はい、もしもし？」
　スマホを取り出すなり、着信相手の名前を見て即座に通話に応じるヒロくん。
　いくら隣にいるとはいえ会話の内容が聞こえたらまずいよねと思い、エレベーターがくるまでの間、階数表示に目を移し、考え事をしていたら。
「え、今？　……まあ、とくに用事はないけど。わかった。今すぐ行くよ。"亜佐美"はそこで待ってて」
　ピクリ。
　聞き捨てならない名前に耳が巨大化して固まった。
　亜佑美……？
　って、女の子の名前……だよね？
「ごめん。ちょっと用事出来たから」

「う……うん」
　くるりときびすを返し、慌てた様子で外に出ていくヒロくん。
　その場に取り残された私は、ぽつんと立ち尽くしながら、
「亜佑美って……誰？」
　と、今しがた耳にした女の子の名前に首を傾げていた。
　だって、ヒロくんが私以外の女の子を呼び捨てにしてるの、はじめて聞いた……。

　亜佑美。亜佑美……。
　どこかで聞き覚えがあるような、ないような。
　——ポチャン……ッ。
　全身湯船につかりながら、必死に思い出そうとするものの。
「駄目だ。考えてもわかんない……」
　バスタブの縁に腕を置いて、その上に顎をのせながら「うーん」とうなる。
　ひとり行動が多くて人と群れないヒロくんは、親しい友達もみんな真面目そうな男子ばかり。
　特定の女子と仲良くしてるところは見たことないんだけれど……。
　下の名前で呼ぶくらいだから、気心知れた相手なんだよね？
「……胸がモヤモヤする」
　お気に入りの入浴剤(ざい)を入れて気分転換(てんかん)しようと思ったけ

ど、効果は全くないみたい。
　ローズの香りがするピンク色の湯の中につかりながら、深いため息を零してしまう。
「駄目だなぁ、私……」
　こんなに悩むくらいなら、あの時「誰？」って聞いておけば良かったのに。
　返事が怖くて、結局聞き出せなかった。
「……意気地なし」
　本当は不安でたまらないくせに……。
　ポツリと呟いた声は、バスルームに虚しく響いて消えていった。
　あのあと、ヒロくんとエレベーターの前で別れて帰宅した私は、"亜佑美"が誰なのか気になって落ち着かず、何も手につかなくなっていた。
　宿題しようにもモヤモヤが膨らみ続けて集中出来ないので、少し早めのバスタイムにしたのだった。
　大好きなハンドメイドも今日ばかりは気分が乗らなくて作業出来そうにない。
「……何もする気が起きない」
　脱衣所で着替えてリビングに向かうと、冷蔵庫から飲み物を取り出してソファへ移動する。
　両親は深夜にならないと帰ってこないので、お風呂上がりはテレビを見てのんびり過ごすことに。
　たまにはぼんやり過ごすのもいいよね。
「あっ、そうだ」

濡(ぬ)れた髪をタオルでふきながらなんの番組を見ようか考えていると、ふとあることを思い出して、座りかけたソファから立ち上がった。
「ヒロくんママにあげるアクセサリー……」
　本当なら昨日渡すはずだったのに。
　蓮のことで頭がいっぱいで、すっかり忘れてた。
　ヒロくんママ、楽しみに待ってるよね……？
「今から渡しにいこう」
　そうと決めたら急いで自分の部屋に戻り、机の上に置いた状態の袋を手に持ち玄関先へ。
　あとは渡すだけにしておこうと思って、ラッピングを済ませておいてよかった。
　玄関に置いてある姿見でサッと全身チェックして、とくにおかしなところがないか確認する。
　キャミソールにショートパンツ。
　まだほんのり濡れた髪はヘアクリップでまとめてるし、隣の部屋にちょっと行くだけだから、この格好でも平気だよね？
　よしっ、とサンダルを履いて玄関のドアを開けた直後。
　――バン……ッ!!
　タイミング悪く、ドアが誰かにぶつかって、「……っ！」と声が上がった。
「!?」
　目の前で痛そうに額(ひたい)を押さえている人物を見上げて、サーッと顔から血の気が引いていったのは、ドアをぶつけ

てしまった相手が蓮、だったから。
　ど、どうしよう!?
　わざとじゃないのに怒らせちゃったよ。
　その前に、なんでうちの前に……？
　不愉快そうに顔を顰めて、くしゃりと前髪を掴み上げる蓮の格好は、黒いVネックシャツに細身のジーンズをはいた私服姿。
　一旦家に帰ってから我が家を訪ねてきたってことだと思うんだけど。
「な、なんで……？」
「なんでも何も用事があるから来たに決まってるじゃん」
「へ？　……よ、用事？　私に？」
「てか、なんか急いでるっぽいけど、どっか行く予定だった？」
「う、うん。ヒロくんの家に……」
　お隣の703号室を指差したとたん、蓮の表情がスッと変わって。
　あれ……？
　なんだか、怒って、る？
「──その格好でヒロん家に行こうとしてたわけ？」
「？」
　その格好、って……。
　お風呂上がりだから髪は半乾きだけど、それがまずかったのかな？
「ていうか、もしかして、いつもそうなの？」

「え、えっと……？」
　蓮が何をそんなに怒っているのかわからず、必要以上にオロオロしていると。
「ちょっと話がある」
「きゃ……っ」
　――グイッと強い力で腕を引かれて、そのまま701号室の蓮の家に押し込まれてしまった。
　蓮は乱暴な音を立ててドアを閉めるなり、玄関先の壁に私を押し付けた。
　背中を壁に密着させられ、思わず固く目をつぶる。
「……やっ」
　何されるのかわからない恐怖におびえていると、
「逃げるな」
　蓮に手首を掴まれ、頭の上で拘束(こうそく)されてしまった。
　に、逃げるなって言われても……。
　目が据わってるし、ものすごく不機嫌そうでおっかないよ。
　蓮の顔がいつもよりも怖くて、泣きそうになる。
「泣かないでよ」
　呆れたようなため息に、悔しい気持ちが込み上げて拳(こぶし)を固く握り締める。
　そんなこと言われても、"男嫌い"の原因になった張本人を前にしただけで、勝手に体が反応しちゃうんだもん。
　私をそんなふうにしたのは蓮なのに……。
「……蓮……怒ってて、っ怖い、よ……」

小刻みに体を震わせていると。
「俺が何に怒ってるかわかんないの？」
　蓮に真剣な目で質問されて、きょとんと目を丸くする。
　眉間に皺を寄せて、明らかに不機嫌な表情。
　蓮と壁の間に体を挟まれて身動きひとつとれない。
　怒った顔の蓮に「……わかんない」と小さく首を振りながら答えたら、頭上から短く舌打ちする音がして、ビクッと肩が小さく跳ねた。──その直後。
　フワリと両手で頬を持ち上げられて、鼻同士がぶつかりそうな至近距離から蓮ににらまれた。
「……っ、そんな下着みたいな格好で夜に男に会いにいくとか何考えてんだよ？」
「下着、って……。いつも着てる部屋着だよ？」
「馬鹿。そういう意味じゃないって」
「？」
　言われている意味がわからなくて首を傾げると、物わかりの悪さに呆れた様子でため息をつかれ、ますます頭が混乱する。
「風呂上がり？」
「そ、そうだけど……？」
　それと蓮の不機嫌な態度になんの関係が──と頭に疑問符を浮かべていたら、蓮の手がスッと私の頭に触れ、髪の毛をまとめ上げていたヘアクリップをパチンと外されて。
　髪の毛の先をひと束掴むと、そこへ蓮の唇が押し当てられてドキッとしてしまった。

「れ、ん……？」
「……言ってもわからないなら、体に教え込むしかないか」
　今、ボソッと何か呟いたような……？
　なんて言ったのか言葉尻をとらえて繋ぎ合わせようとしたら、そうする前に蓮に下から顔を覗き込まれて。
　熱っぽい眼差しに目をとらえられた瞬間、頬がじんわり熱くなって、呼吸が──。
「……っ」
　さっきまで髪に触れていた唇が首筋へと移動し、チクリとした痛みが走る。
「蓮、やめ……いっ」
　蓮の胸に手をついて抵抗するものの、手が震えてビクともしない。
　いたい、とかすれた声で呟いたら、蓮は吸い付いていた首筋から顔を離し、耳元に唇を寄せてきた。
「今後、二度と俺以外の男の前で肌をさらさないって今すぐ誓って」
　吐息交じりの低い声で囁かれて、耳朶をカリッと甘噛みされる。
「ひぁっ……」
　あまりの驚きに全身から力が抜け落ちて、くたりと前に倒れそうになってしまう。
　すんでのところで蓮の腕に抱きとめられると、妖艶な笑みを浮かべた蓮と目が合い、言葉を失ってしまった。
「なんで、こんなこと……」

「花穂が男に対して無防備すぎるからだろ」
「無防備、って……？」
　蓮の唇が触れた毛先も、首筋も、耳朶も——全部熱くて、頭がクラクラする。
「いくらヒロが幼なじみだって言っても、そんな格好した花穂ともしふたりきりになったら、アイツだって男なんだ。何があるかわかんないだろ？」
「ヒ、ヒロくんに限ってそんなのありえないよっ」
「——チッ」
　えっ、舌打ちした!?
　今度はどこで怒らせちゃったの？
「ひとまず、俺がやめてって言ったらやめて。花穂に拒否権なんてないから」
「そ、そんなのいくらなんでも無茶苦茶だよ……」
「まあ、べつに？　花穂が言うこと聞かないなら、こっちも考えあるけど。——ヒロに手紙渡してもいいんだ？」
「だっ、駄目!!」
　蓮に奪われたままのラブレターの存在を思い出して、「お願いだから返して」と懇願すると——。
「返してあげてもいいけど」
「本当!?」
「ただし、条件がある」
「……条件？」
「そう。この前約束しただろ？　"ひとつだけ言うことを聞く"って」

「っ……」

　嫌な予感がして、とっさに身構える。

　なぜなら、蓮が不気味なぐらい爽やかな笑顔を私に向けてきたから。

　何かよからぬことを考えているような顔つきに、何を言われるのかドキドキしてると。

「今度の日曜、俺とデートすること」

　蓮からある要求を突きつけられて、目玉が飛び出そうになった。

　まるで新しいイタズラを思いついたようにニヤッとしながら、楽しげに約束を取りつけてくる蓮。

　でーと……。

　でーと、とは要するに……。

　瞬時に言葉の意味を理解出来ず、というよりもしたくなく、脳内であれこれ連想すること数秒。

　チーンと頭の中で鐘(かね)が鳴ると同時に、ぎょっとして大声を出してしまった。

「デ、デート!?」

「そう。もちろん断るわけないよね？」

　にっこりと極上(ごくじょう)の笑顔で訊ねてくる蓮。

　こんな返事がわかりきってる質問してくるなんて卑怯だ。

　最低。最悪。ありえなすぎる。

　蓮と出かけるなんて、地獄以外に行き先なんてないじゃない。

そんなの断固としてお断り——したいけど。
　そんなことしたらヒロくん宛ての手紙を渡されて、告白する前に失恋してしまう。
　弱味を握られている以上、断る権利なんかなくて、がっくり項垂れながら「……行きます」と答えてしまった。
　ああ……、私の意気地なし。
「よし、決まり。じゃあ、ひとまず長袖と長ズボンに着替えなおしてからヒロの家に行って」
　ポンと私の肩に手を置き、蓮が機嫌良さそうににっこり笑う。
「……っ、わかったから離して」
　一秒でも早くこの場を去りたかった私は、一目散に家に戻り、玄関先の鏡に映る自分の首元を見て絶句した。
「こ……これって」
　首筋につけられた赤い痕。
　さっき、蓮に吸いつかれた時、チクッとした痛みが走ったのはもしや……。
「こんなの人に見せられないよっ、蓮の馬鹿……!!」

　日曜日にデート。
　それも、世界で一番関わりたくない蓮とふたりきり。
　ただでさえ、ヒロくんの"亜佑美"問題で悩んでるのに。
　頭の中がキャパオーバーしてパンクしそう。
　着替えなおす前に、泣きそうになりながら救急箱の絆創膏を探したのは、首筋の"キスマーク"を隠すためだった。

♡2nd
優しい悪魔？

◆悪魔とデート

「花穂、その首どうしたの？」
　朝、教室に入るなり、アカリちゃんから首に貼ってある絆創膏を指摘されて、思わずギクッと固まってしまった。
「ちょっとぶつけちゃって……」
「えっ、大丈夫なの!?」
「う、うん。なんともないよ」
　バレー部のジャージを上着に羽織ったアカリちゃんは、ポケットの中をゴソゴソ探ると、テーピング用の包帯や絆創膏を取り出して、私にくれた。
「替えが必要になったらすぐに言って。あたしもしょっちゅう部活で青たんとかすり傷つくるから、毎日持ち歩いてるんだ」
「……ありがとう、アカリちゃん」
　でも、ごめんね。
　本当は怪我じゃないんだ。
　蓮が変なことして痕を残すから、仕方なく絆創膏で隠してるだけなの。
　──とは口が裂けても言えないので、罪悪感に胸を痛めていると。
「へぇ。怪我してるんだ？」
「！」
　教室の入り口でアカリちゃんと立ち話をしてたら、肩に

スクールバッグを提げた蓮が私達の間に入ってきて。
　私の首に貼られた絆創膏をじっと見てニヤニヤしだした。
「おはよー、松岡くん」
「おはよう、植野さん」
　アカリちゃんが元気良くあいさつすると、蓮も人当たりのいい笑顔をつくってあいさつを返す。
　な、何その笑顔！
　うさんくさいぐらいキラキラしてるよ!?
「怪我したのが目立つ箇所でかわいそうに。みんなに注目されてるじゃん」
「……ご、ご心配どうも」
　どの口がそんなことを言うのか、ここが教室の中じゃなければ問いただしてやりたい。
　……実際は、何も言えずたじろぐだけだろうけど。
　顔に不満が表れていたのか、蓮はクスッと奥歯で噛みころしたような苦笑を漏らすと、私の肩をポンと軽く叩き、自分の席へ行ってしまった。
「松岡くん、おはよ〜っ。今日も朝からカッコいいね」
「はぁ!?　何抜けがけしようとしてんのっ。蓮くんがカッコいいなんて当たり前のことだから」
「ねえねえ、松岡くん。そろそろ番号かID教えてほしいなぁ」
「私もっ」
「あたしだって!!」
　蓮が席に着くなり、彼を待ち構えていた大勢の女子が蓮

に群がり、キャーキャーと黄色い悲鳴を上げてあいさつ合戦を繰り広げはじめる。
　毎度のことながらすごい熱狂ぶり……。
「ひゃあ〜。いつ見てもすごいなぁ、松岡くんのハーレム状態は」
「ハーレムって……。ここは学校だよ、アカリちゃん」
「まあ、あれだけ頭良くて、運動神経抜群で、何よりもあのルックスだもん。人気なのも納得だわ」
「わ、私は納得いかない……」
「なんで？　松岡くんて誰にでも優しくて気さくないい人だと思うけど。男っぽいあたしのことも女扱いしてくれるし」
「!?」
　違うよ、アカリちゃん!!
　みんなうわべに騙されすぎだよ。
　アイツはアカリちゃんが考えているようないい人なんかじゃなくて、悪魔みたいに最低な男なんだから……。
「アカリちゃんは男っぽくなんかないよ！　誰よりも優しくて、とっても思いやりがある女の子だもん。見た目がボーイッシュなのは、部活の関係で髪を伸ばせないからだけだし。私はアカリちゃんの全部が大好きだよ？」
「花穂……！」
　じーんと感極まったアカリちゃんが、バレー部で鍛え上げた筋肉ムキムキの腕で私を抱き締めてくる。
　嬉しいけど……ちょっと息苦しいかな？

♡ 2nd 優しい悪魔？ ≫ 101

「もうアンタってば本当にかわいい奴っ」
「み、みんなが見てるよ。恥ずかしいよっ」
「いいのいいの。花穂はあたしのものだーって見せつけてやってんだから」
「も、もう。アカリちゃんてば」
「……花穂にそう言ってもらえたように、あたしも藤沢先輩にイイって思ってもらえるように頑張らなくちゃなぁ」
　ボソッと漏らした言葉は、どうやら自分自身に言い聞かせている独り言みたい。
"藤沢先輩"っていうのは、男子バレー部に所属する２年生で、アカリちゃんが片想いしている相手の名前。
　同じ中学の頃から憧れていて、うちの高校を受験したのも藤沢先輩が通っているのと、バレーの強豪校だからって理由みたい。
　何年も同じ人を想い続けているアカリちゃんはピュアだなって思うし、私も彼女の恋を密かに応援しているんだ。
「アカリちゃんにはたくさん魅力があるもん。藤沢先輩もきっと好きになってくれるよ」
　ふふ、とはにかみながら、アカリちゃんにエールの言葉を贈ったら、「あたしも花穂と矢島くんの仲がうまくいくよう願ってるよ」って優しく微笑み返してくれた。
　お互いに照れ笑いしながらほのぼのしていると——。
「牧野さん、ちょっといい？」
「私達、蓮くんのことでお願いしたいことがあるんだけど」
　ズラリ。

いつの間にやら私達の周りに大勢の女子達が集まっていて、そのうちのリーダー格らしき派手な見た目をした女子に後ろについてくるよう促された。
「……ちょ、ちょっと行ってくるね」
「ひとりで大丈夫？　一緒に行こうか？」
「だ、大丈夫。もうすぐ朝礼の時間だし、すぐ終わると思うから」
　心配そうに私を見つめるアカリちゃんに小さく手を振って、ゾロゾロと女子の集団と廊下に出ていく。
　なんの話をされるのかと緊張してたら、案の定、彼女達の用件は蓮に関するものだった。
「コレ、松岡くんに渡しておいてほしいの。手紙の中に私の連絡先が書いてあるから、気が向いたら連絡してほしいって伝えて」
「あたしも！　あと、今度みんなで……っていうか、本当はふたりの方がいいけど本人のガードが固くて無理そうだから、蓮くんのファンと親睦会(しんぼくかい)を兼(か)ねたカラオケでも行こうって誘っておいて。カラオケが嫌ならボウリングでもなんでも構わないから」
「てか、牧野さんて蓮くんと同じマンションに住んでるんだよね？　ネットで情報調べたらオートロックっぽくて簡単に侵入出来そうにないし、せめて部屋の内装がどうなってるかだけでも教えてくれないかな？　いろいろ想像して楽しみたいから」
　大勢の女子から矢継(やつ)ぎ早(ばや)に用件をまくし立てられ、目が

ぐるぐる回る。
　お願いだから一斉に話さないで。
　個人の連絡先が書かれた手紙やメモを大量に渡されたり、デートの約束を取りつけてほしいとお願いされたり、あまつさえ「家の間取りを知りたい」なんてあやしいものまで……。
　どうして私が彼女達の要望を聞き入れなきゃいけないのか……ってそれは昨日、蓮が私を"窓口"に指名したせいだけど。
　朝礼が鳴ってようやく集団から解放された私が教室に戻ると、ぐったりした私を見て、蓮が隣の席から「お疲れさま」と笑いかけてきた。
「だ、誰のせいでこんな目に遭ってると……」
　恨みがましい目で蓮をにらむものの、効果がないどころか、ますます満足そうな表情をしていて腹立たしい。
「いいじゃん。下手に幼なじみってだけでやっかまれるより、窓口として重宝された方が身の安全のためだよ？」
「ち、ちっとも良くないし、安全なんかじゃな——」
「それより、日曜の約束覚えてる？　10時に駅前広場で待ち合わせだから」
「うっ……忘れてはいないけど……」
「ちゃんとデート用のかわいい服選んどいて。ちなみに適当な格好してきたら、ヒロに手紙渡すから」
「!!」
　日曜日にデートって、やっぱり本気だったんだ。

一方的に約束を取りつけられて、どんどん予定を決められてるし。
　断ろうにも、ラブレターを盗られたままじゃ渋々うなずくほかなくて、がっくり肩を落としてしまう。
　何が悲しくて悪魔とデートなんて……。
　とほほ、と心の中で嘆きつつ、半ば諦めムードで合意するしかなかった。

　そうして迎えた、約束の日曜日。
　蓮からかわいい服で来るよう命令された私は、クローゼットから次々洋服を引っ張り出しては「あれでもない、これでもない」と洋服選びに難航していた。
「何着てけばいいかなんてわかんないよ……」
　放り出した衣類でベッドの上は散らかり放題。
　洋服を体に当ててみては、何かが違う気がして深いため息を零してしまう。
　ヒロくん以外の男子とプライベートで会う機会なんてほとんどないし、ましてや"デート"なんて一度もしたことない私が気合の入ったコーディネートを選ぶなんて難しすぎる。
「でも、ちゃんとした格好しないと手紙がどうなるかわからないし……」
　デートの相手がヒロくんだったら張りきって準備するのに。
　よりにもよって、どうして好きでもなんでもないどころ

か世界で一番関わりたくない相手のために着飾らなくちゃいけないんだろう……。
「……どうせ、今日だって私をからかうために呼び出しただけに決まってる」
　何を企んでいるのか知らないけど、このままだと待ち合わせ時刻に遅刻しちゃう。
　散々悩んだ末に身支度を整え、大急ぎで家をあとにした。

「――って、人のこと呼び出した張本人が来てないし」
　大慌てで走って駅前の噴水広場にたどり着いたものの、待ち合わせ時間から15分以上経過しても蓮は一向に現れず、柱時計の前でひとりポツンと立ち尽くしている。
　スマホを何度確認しても着信はおろかメッセージだって一件も入ってないし、一体どこで何をしてるんだろう？
　まさか、自分から言い出しておいてすっかり約束のことなんて忘れてるんじゃ……。
　もしくは、あの蓮のことだ。
　はじめから私に待ちぼうけを食らわせるつもりでここに呼び出したとか……？
　いくらなんでもそこまで悪質な嫌がらせ……蓮ならありえるから笑えないんだよね。
「まさか、そんな企みがあって、私にオシャレしてこいって言ったのかな……？」
　ここは、駅前の改札口を出てすぐの場所にある人気の待ち合わせスポット。

休日となればカップルで溢れ返るこの場所にわざわざ呼び出したのは、明らかにデート用の服を着た私が、何時間も待ちぼうけを食らってる姿を通行人に目撃させて「あの子、さっきからずっといるよね」「約束すっぽかされたんじゃない？　かわいそう〜」なんて哀れだと思わせるため!?

　てことは、このあたりのどこかで私の困ってる様子を見て楽しんでるんじゃ……と疑っていると。

「ねぇ〜、君さっきからずっとそこにいるけど誰か待ってんの？」

　──ポンッ。

　チャラそうな見た目をした男の人が目の前に立ちはだかり、私の行く手をはばむように肩に手を置いてきた。

「……ッ」

　サングラスに柄シャツ。耳と鼻にピアスを開けて、いかにも柄の悪そうな金髪頭の男の人は、ガムをくちゃくちゃ噛みながら「君、近くで見たら半端なくかわいいね〜」とニヤニヤしながら話しかけてくる。

「彼氏にドタキャンでもされた？　ねっねっ、されたんでしょ？　そんなかわいい格好してきたのに台無しじゃ〜ん？」

「違い、ます……」

　すぐさまこの場を離れたいのに、金髪頭にがっちり肩を掴まれていて動けず、真っ青な顔でおびえてしまう。

　完全に萎縮しきった私を見て、強く押せばいけると感じ

たのか、男の人のアプローチはどんどん強引になっていく。
「暇してんなら今からオレと遊ぼうよ〜。イイとこ連れてったげるからさぁ」
「い、いいです……」
　──コワイ。
　肩に腕を回されて、カタカタと小刻みに体が震えだし、目に涙が浮かんでくる。
　何度誘われても断り続ける私に痺れを切らしたのか、金髪頭は短く舌打ちすると、乱暴に手首を掴み上げてきた。
「チッ。いいから、ついてこいっつてんだろ！」
「いや……っ」
　このままだと無理矢理どこかに連れ去られてしまう。
　周囲に助けを求めようにも、みんな見て見ぬフリで目も合わせてくれず絶望的な状況に。
　誰か……っ
　恐怖で全身が強張り、ぎゅっと目をつぶった──その時。
「何してんの？」
「いっ、いでででっ……!?」
　背後から嫌というほど聞き慣れた男の声が響いて。
　おそるおそる目を開けたら、不愉快そうに顔を顰めた蓮が、金髪頭の腕を背中に回すようにして片手でねじ上げていた。
「この子、俺のなんだけど」
　静かな、けれど確実に怒りを含んだ低い声。
　金髪男を掴んだ手にギリギリと力を加えながら、相手を

威嚇（いかく）するように眉根を寄せてにらみ付けている。
「……勝手に手ぇ出したら殺すよ？」
　長身の蓮に見下ろされて、金髪頭は顔面蒼白。
　ただでさえそこらの芸能人より端正な顔立ちをした美形の蓮が凄（すご）むと迫力が半端ないのに、「殺す」なんて物騒なことを言われたら、誰もがおびえて当然だ。
　金髪頭は「ヒッ」と悲鳴を上げると、蓮の手を振りほどき、慌てた様子で逃げ出していった。
「れ、蓮……ありがとう。って、痛っ」
　まだ金髪男に迫られた時の恐怖で肩を震わせていると、蓮に額をはじかれて、目をぎゅっとつぶる。
「……待たせてごめん」
　すると意外なことに、蓮に謝られて拍子抜けしてしまった。
　あの蓮が私に謝った……？
　信じられない出来事に目をぱちくりさせていると。
「けど、そっちももっと抵抗して周りに助け求めろよっ」
　すぐさま態度が豹変（ひょうへん）。
　怒った顔で叱られ、ビクッとなってしまった。
「そ、そうかもしれないけど、元はといえば蓮が……」
「俺が？」
「……蓮が遅刻するから怖い目に遭ったんじゃない」
　なのに、今の言い方だと私に落ち度があったのが悪いって言われてるみたいで傷付くよ。
　一方的に怒られて、ぐすっと涙ぐんでいると。

「家出たら、マンションの前で同じ学校の女子が待ちぶせしてて、出待ちに捕まったんだよ。デートしろなんだしつこいから適当にまいて逃げてきたけど、それで来るのが遅くなったってわけ」
「で、出待ち……？」
　言われてみれば確かに、蓮の額や首筋に汗が浮かんでいるような……？
　シャツの襟元を掴んでパタパタさせてる蓮を見て、本当に急いで来てくれたんだと実感する。
　それにしても、芸能人じゃあるまいし自宅を張られるとか蓮人気も過熱しすぎじゃないだろうか。
　なんだかちょっと心配になってきちゃったよ……。
「そんなことより……へえ？　それが俺とのデート用に選んだデート服？」
「っ！」
　私の全身を上から下まで顎に手を添えてまじまじ見てくる蓮。
　そんなに凝視されたら、恥ずかしくて顔が熱くなっちゃよ。
「へ、変かな……？」
　襟元と裾の部分にレースがあしらわれた白地にピンクの小花模様が入ったシフォンワンピースと、お揃いの白いレースソックス。
　靴は、アンクレットストラップがついたピンクのエナメルパンプス。

ヘアスタイルはいつもと同じゆる三つ編みだけど、ほんのりナチュラルメイクをして、自分にしてはかなり頑張った方……だと思う。
「一応、ファッション誌を参考にしてみたんだけど……」
　蓮の食い入るような視線に耐えきれず、ワンピースの裾の部分をきゅっと掴んで俯く。すると。
「まあ、ギリ合格点ってところにしといてあげるよ」
　蓮がクスリと笑みを零し、「ひとつだけ直すとすれば──」と私に顔を近付けると、三つ編みに結んでいたヘアゴムを外され、ふわりと髪が広がった。
「……こっちの方がかわいい」
　ふっと柔らかく目を細めて、とびきり甘い笑みを浮かべる蓮に、不覚にも一瞬ドキッとしてしまって。
　高鳴る鼓動に疑問符を浮かべつつ、胸が騒ぐのを抑えきれなくて、熟れたリンゴみたいに頰が熱くなってしまった。
「か、かわいくなんか……ない、よ」
「人がめずらしく褒めてるんだから素直に喜んでおけば？」
　いっつも人のことブスブス言うくせに、今日に限ってなんでそんなに甘い言葉を吐くの？
　それに──。
『この子、俺のなんだけど』
　さっきの蓮の発言を思い出したら、ますます落ち着かなくなって。
　金髪頭を追い返すための言葉だってわかってるけど、あの時の蓮のことがすごく頼もしく感じて、正直カッコ良く

見えてしまった。
　……なんて、どうかしてるよね。
　かわいいって思ってなんかないくせに、調子いいこと言うんだから。
　いつもみたく悪態をついてくれないと、調子が狂っちゃうよ……。
「ほら、行くよ」
「……っ」
　指先を絡めるように蓮に手を繋がれて、恋人繋ぎのまま駅前に並び建つショッピングモールの方へ歩いていく。
「うわぁ。あの人、超カッコ良くない？」
「芸能人？　スタイル良すぎでしょっ」
「隣にいる子は彼女だよね？　いいなぁ、イケメンの彼氏がいて」
　蓮と連れ立って歩くだけで注目されて、すれ違う女性達から熱心な視線を浴びる。
　誰から見ても美形の部類に入る整った容姿。
　強烈に目を引く、圧倒的な存在感。
　子どもの時からルックスには定評があったけど、しばらく会わないうちに、誰もが振り返るようなイケメンに成長したみたい。
　お店のショーウィンドウに映る蓮を見て、確かに……と納得したのは、世界で一番この男を苦手としてる私の目から見ても、彼はカッコ良かったから。
　181㎝の蓮と、151㎝の私。

隣に並んだら、身長差はピッタリ30㎝。
　蓮の肩より下に私の頭があって、見上げないと蓮がどんな表情をしてるのかよく見えない。
　小5までは同じような背格好をしてたのに、いつの間にこんなに"男の人"の体つきに成長してたんだろう？
　細身だけど、ほど良く筋肉がついて引き締まった体形をしてるところとか。
　骨っぽくてゴツゴツした長い指先や、喉仏、低くてかすれがちなハスキーボイス。
　大人びた容姿のせいか、私服で歩いてると大学生にしか見えない。
　白いVネックシャツに、黒のジャケット、細身のジーンズに革靴と、シンプルだけどオシャレな着こなし。
　首元で揺れる革製のネックレスも蓮によく似合ってるし、何を着てもさまになる人だなって、つくづく思う。
　それに、蓮がモテるのは見た目だけじゃなくて。
　……さっきからずっと、私に歩調を合わせてくれてる、よね？
　履き慣れないパンプスの私を考慮してか、ゆっくりしたペースで歩いてくれる。
　意外な気遣いに感謝しつつも気付かないフリをしたのは、嬉しさよりも戸惑う気持ちの方が大きいせい。
　だって、昔の蓮なら私を置いてひとりで先に行ってたから。
　蓮の優しさを素直に受け止められず、きっと裏があるん

だよと必死に言い聞かせる。
　そうじゃないと、さっきからうるさい心臓の音が静まりそうになかった。
「ね、ねぇ。どこに行くの？」
「行けばわかるよ」
「？」
　大通りから一歩外れた裏通りに入り、あれ？と首を傾げて質問したら、もうすぐ着くとしか返事がもらえず、不穏な気配に。
　人混みから離れて辺りはシンとしてるし、一体どこに連れていく気なんだろう？
　その疑問はすぐ解決されることになった。

「かっ、かわいい……!!」
　蓮が案内してくれた場所は、路地裏にひっそり建つ、オシャレな雑貨屋さんだった。
　クリーム色の外壁(がいへき)に、パステルピンクと白の縦縞(たてじま)模様が入ったシェード、レンガの床。
　入り口にかけられた看板は木で作られていて、店名がポップな字体で書かれている。
　店の周りに観葉植物が置かれているところもオシャレだし、ひと目見て素敵なお店だと思った。
　雑貨屋巡りが趣味の私は大興奮。
「先週、オープンしたばっかりらしいから、連れてこようと思って。昔からこういう店来るの好きだっただろ？」

「すごい。私でも知らなかったのに、どこで情報を手に入れたの？」
「学校の女子から聞いたんだ。いい感じの雑貨屋がないか聞いたら、ここがオススメだって言うから。気に入った？」
「もちろんっ。み、店の中、ゆっくり見て回りたい。いい!?」
　瞳を輝かせて店を指差す私に、蓮は「クッ」と口元に手を添えて噴き出すと、「どうぞ」と言って、ドアを開けてくれた。
　カランカラン……とカウベルが鳴って、奥の方から女性店員さんの「いらっしゃいませ」というあいさつが聞こえる。
　うわぁ……っ。
　店内はぬくもりを感じさせるウッド素材の壁になっていて、オレンジ色の間接照明が店内を照らしている。
　静かに流れるカフェ系のBGMが心地良くて、ゆったりした気分に。
　外観だけじゃなくて内装までとっても素敵。
「すごい。ここ、スイーツデコのアクセサリーや、一点物の商品がいっぱい置いてある。あ、ハンドメイド用のパーツもこんなにたくさん……っ」
　一つひとつの棚を見る度に興奮してはしゃぐ私に、蓮も満足そうな表情。
　めずらしく横からちょっかいを出さないのは、ここがお店の中だから？
「ここでオリジナルアクセが作れるらしいけど、やってみ

る?」
「やるっ。やりたいです‼」
　はいっ、と大きく挙手したら、こらえきれないといった様子で蓮が噴き出し、くしゃくしゃと私の頭を撫でてくる。
「OK。じゃあ、店員に聞いてくる」
　蓮はレジにいた女性店員さんの元へ行くと、カウンターで申し込みの手続きをして、「花穂。こっち」と私を手招きした。
　蓮に呼ばれてまず最初に向かったのは、アクセサリーづくりに欠かせないパーツが置かれたコーナー。
　店の奥には、1000種類のアクセサリーパーツが入った収納テーブルが並び、チャームの種類ごとにテーブルが分かれている。
　これもいいけど、あっちも捨てがたいし、どれにしようか本気で迷っちゃうな。
　……でも、すごく楽しい！
　パーツ選びが終わると、2階にある工房へ移動。
　店員さんから説明を受けたあとに、ようやく制作に取りかかった。
「花穂は何作ってんの?」
「うーんとね、今着てる洋服に合うようなネックレスにしようかな、って。蓮は?」
「内緒。完成したら見せてあげるよ」
「?」
　秘密めいた言い方が気になるものの、目の前のアクセサ

リーづくりに熱中していた私は、今の会話をすぐ忘れてしまって。
　いつの間にか蓮の隣にいるにもかかわらず、恐怖心がひいて、リラックスした状態で過ごせていることに気が付いていなかった。

◆悪魔とブレスレット

「出来た！」
　完成したネックレスを両手に掲げ、おかしなところがないか最終チェック。
　チャームに選んだのは「ウサギ」と「トランプ」と「ハートの鍵」をモチーフにしたメタルパーツ。
　ゴールドチェーンにパーツを組み合わせて、金具を留める部分にリボンを結んで完成。
　満足の出来に、ぱあぁっと顔を熱くして興奮してると、私より少し前に作業を終わらせた蓮が横から話しかけてきた。
「パーツ選びに時間かけてたけど、何かテーマとかあるの？」
「えっとね……一応、アリスモチーフなの。イメージにぴったりのパーツがたくさんあったから、どれをどの配置に組み合わせようかいろいろ考えちゃって。でも、すごく楽しかったよ。連れてきてくれて、ありがとう！」
　心からの笑みを浮かべてお礼を言うと、蓮がきょとんとしたように目を丸くして。
　片手で口元を押さえると、顔を背けて咳払いしだした。
　あれ？
　なんとなく蓮の耳が赤くなってるような……？
「蓮……？」

「……なんでもない。花穂が楽しめたならよかったよ」
「れ、蓮は何作ってたの？　私、自分の作業に没頭しすぎて全然見てなかったから」
「内緒」
「ええぇっ」
「それより、もう昼時だし。そろそろランチタイムにしようか？」
　どうやら自分が作った物は教える気はないらしい。
　テーブルに片手をついて、蓮が椅子から立ち上がる。
「あっ、待って！　私まだ立て替えてもらった代金、蓮に返してない」
　ハッとお金のことを思い出して、バッグからお財布を取り出そうとしたら、その手を制するように蓮が上から掴んで首を振る。
「いらない」
「えっ、でもそんなわけには……っ」
「だからいらないって」
「じ、じゃあ、昼食代は私が持つから」
「いいって。元々俺が連れてきたくてここに来たんだし、余計なこと気にしないでよ」
　これはつまり……"おごってくれる"ってことだよね？
　あの悪魔が損得勘定抜きに善意で支払ってくれたとは到底信じがたいし、あとからほかのことで「恩返ししろ」って言われないか、正直うたぐる気持ちもあるけど。
「……あ、ありがとうっ」

「ん。最初から素直にそう言ってよ」
　——ポン。
　蓮がくしゃっとした笑みを浮かべて私の頭を叩くから、不覚にもまたじんわり頬が熱くなってしまった。
　……おかしいな。
　さっきからずっと心臓がドキドキしてる。
　相手は"あの"蓮なのに……。
　今日はめずらしく優しいから？
　いつもと違って意地悪な蓮じゃないと調子が狂っちゃうよ……。

　雑貨屋を出てから大通りの方に戻ると、近場で目についたオープンテラスのカフェに入り、店内で昼食を取ることにした。
　SNS映えする内装で、種類豊富なパンケーキやランチメニューの写真を添えてインターネットに写真をアップする女性客が多い。
　アカリちゃんと前に一度だけ来たことあるけど、お店の雰囲気が気に入ってたから、また来れて嬉しいな。
　相手が蓮っていうのはあれだけど……。
　こういうオシャレな飲食店ってひとりじゃなかなか入れないし。
「ほら。好きなの選んで」
「う、うん……」
　蓮にメニュー表を渡され、どれにしようか悩みに悩んで

から苺のパンケーキに。

蓮はホイップバターがのっかったスフレパンケーキ。

飲み物はそれぞれオレンジジュースとコーヒーを注文した。

「おいしい……っ」

ようやく運ばれてきたパンケーキをひと口頬張るなり、ほっぺたを手で押さえながら感嘆の息を漏らす。

たっぷりの生クリームと甘酸っぱい苺がちょうどいい感じに合わさって、舌がとろけそう。

「ちょうど俺のもきたから食べるかな」

「ちょっと待って。蓮のパンケーキも写真に撮りたい」

「人のじゃなくて自分の撮ればいいのに。俺が頼んだやつ撮っても意味なくない？」

「わ、私のはいいの。じゃあ、撮るね」

カシャッ。

スマホのカメラアプリを起動して、蓮が注文したスフレパンケーキを数枚撮影すると、そそくさとバッグにしまった。

謎の行動をとる私に、蓮は意味わかんねぇとでも言いたげな表情。

「花穂」

「？」

写真撮影を済ませるなり、食事を再開すると。

「ついてる」

私の口元についていた生クリームを蓮が指先で拭い取っ

てくれて、そのままペロリと口に含んだ。
「あま」
「っ!」
　い、今、生クリームを舐めて——!?
　いきなりのことにびっくりして、火がついたように顔がボッと熱くなる。
　目を回してうろたえる私とは反対に、蓮は平然としてるし、なんなのこれ!?
「……ず、ずるい」
「は？　何が？」
　うまく説明出来なくて、眉を寄せて「うむむ」とうなってたら、目の前からクスッと笑い声がして。
「変な奴」
　顔を上げたら、蓮がとびきり優しい表情で苦笑していて、不覚にも鼓動が跳ねた。
　やっぱり、今日の私はおかしいのかもしれない。
　だって、何回も蓮にドキドキしてる。

　ランチのあとは、ウィンドウショッピングしたり、そこら辺をブラブラしているうちに、あっという間に夕方になって。
　マンションまでの帰り道を蓮と歩きながら、ふとあることに気付いて驚いた。
　私……さっきから蓮と一緒にいるのに緊張してない。
　昨日までは顔を見ただけでおびえてたのに、今は不思議

と平気になってる……？
「どしたの？　人の顔じろじろ見て」
「う、ううん。なんでもない」
　なんとなく気恥ずかしくて、蓮からパッと目を逸らす。
　ビクビクしない代わりに、顔が火照ったように熱くて落ち着かないとか……やっぱり私、変だよ。
　相手はあの悪魔なのに。
　ううん。悪魔だけど――。
　しばらく無言で歩いていたけど、どうしても伝えなくちゃいけない言葉があって、話しかけるタイミングを窺う。
　その時、目の前の信号がちょうど赤に変わったので、ピタリと足を止めて、蓮を見上げた。
「あ、あのね……」
「ん？」
「その……、今日はありがとう。いろんなところに連れてってくれて。私が好きそうな場所、わざわざ調べてくれたんだよね？」
「…………」
「って、違ったらごめんね!!　雑貨屋さんに案内してくれた時、それっぽいこと言ってたからてっきり……。嫌だなぁ、蓮が私のためとかそんなはずあるわけないのに」
　無言になってしまった蓮に慌てて、今の発言を即座に撤回する。
　うわぁっ……、恥ずかしすぎるよ。
　あまりの羞恥心から涙目に。顔の前で両手をブンブン

振って「わ、私の勘違いでした……」と頭を下げれば、更に重苦しい沈黙が流れて、胃が縮みそうになった。
　どうしよう。絶対呆れてる。
『ちょっと優しくしてやったからって調子に乗ってんじゃねーよブス』ぐらい思ってるに決まってるよ。
　今日はたまたま機嫌が良くて、優しくしてくれただけ。
　それなのに"私のため"とか勘違いしちゃって身のほど知らずにもほどがある。
「今言ったことは忘れ――」
「手、出して」
「え？」
「いいから、手。それから目も閉じて」
「う、うん……？」
　なんだかよくわからないけど、大人しく指示に従って目を閉じる。
　その直後、蓮の指先が私の左手に触れて――シャラッと手首で何かが揺れる音がした。
「いいよ」
　目を開けるよう言われて、おそるおそる薄目を開いたら。
　手首の違和感を確かめるよりも先に、蓮が背を屈めて顔を傾けながら、私にそっとキスしてきた。
　その瞬間、交差点を行き交う車の排気音や通行人の話し声が全部遠のいて、頭が真っ白になった。
　え……？
　何が起こったのかすぐには理解出来ず、鳩が豆鉄砲を

食ったような顔でポカンとしてしまう。
　周囲にいた女の子達が顔を真っ赤にしてこっちを見てることに気付き、かあぁっと耳が熱くなるのと、信号が青に変わったのは同じタイミングで。
「ほら、ぼーっとしてないで行くよ」
　絶句したまま放心している私の手を引いて、蓮が信号を渡りだす。
　でも、足に力が入らなくてフラフラ状態。
　不意打ちの出来事に動転して、激しくうろたえていた。
「な、んで……？」
　なんでいきなりキスなんか──。
　意味がわからなくて、震え声で訊ねたら「したかったからじゃない？」って蓮は悪びれもせず、しれっとした態度で答えて、ニンマリ口角を持ち上げた。
「……っ!?」
「ふはっ、顔真っ赤」
　口をパクパクさせている私を見て、蓮が小さく噴き出す。
　やっぱり、からかっただけなんだ！
　いたずらっぽい笑みを浮かべる蓮に、一瞬でも今のキスにときめいてしまった自分が恥ずかしくなって、カーッと耳のつけ根まで熱くなる。
　よく考えなくても、蓮が私にキスする理由なんて嫌がらせする目的以外ありえないわけで、いちいち本気にする方が悪いのに。
　……なのに、どうして？

普通なら「ふざけないで！」って怒ってもいいはずなのに、その反対に「冗談なんだ……」ってがっかりしてる自分がいる。
　──って、"がっかり"って何!?
　残念に思うことなんて何もないのに、どうかしてるよ私。
「あれ……？」
　蓮と手を繋いでいない方の手首に違和感を感じて、左手を持ち上げたら、ブレスレットがつけられていることに気付き、目を丸くした。
　ホワイトゴールドのチェーンに、ペンダントトップの中心で揺れる"蓮の花"をかたどったメタル素材。
「これ、もしかしてさっきの……」
　午前中、雑貨屋さんの２階にある工房でアクセサリーづくりした時のブレスレットだよね？
「今日から毎日つけて。それ、花穂にかけた手錠だから」
「手錠!?」
　蓮の名前にちなんだ"蓮の花"をモチーフにしてるのはそういう理由!?
　ぎょっとするものの、手錠って言うわりにはかわいすぎるよね……とも思えて。
　シンプルなデザインだけど、アクセサリーなんて作ったことない蓮が私のために一生懸命作ってくれたんだって思うと突き返す気になれなかった。
「が、学校で先生に見つかったら没収されちゃうよ」
「そこはバレないようなんとかして」

「なんとかって……指輪ならネックレスに通して隠せるかもだけど、ブレスレットは厳しいよ」
「じゃあ、本物の手錠でもつけて花穂が逃げられないよう監視してあげようか？」
「い、いい！　ちゃんと毎日つけるから大丈夫っ」

　目の奥を光らせて黒い笑みを浮かべる蓮に、この男なら本当にやりかねないとゾッとした私は慌てて挙手する。

　ブレスレットをつけた左手を上げる私に、蓮は「最初からそう言えばいいのに」と呆れた顔すると、私の頬肉をぐにっとつまんできた。

　ま、またキスされた……。

　どんな意図があってしてきたのか蓮の真意は掴めないけど。

　こんなに何回も唇を奪われるなんて、私のガードが甘い証拠だよね……。

　今までも、今のキスも、からかう目的以外に深い意味はなくて。

　反応するだけ思う壺。

　そう思うと複雑な気持ちになって、チクリと胸が痛む。

　……私の好きな人はヒロくんなのに。

　どうして、気持ちのないキスに胸を痛めているの？

　自分自身の気持ちが何がなんだかよくわからなくて、混乱していると──。
「あっちにいるのヒロ？」
「え？」

♡ 2nd　優しい悪魔？　>> 127

　蓮が指差す方向を目でたどっていくと、目の前の雑居ビルからヒロくんらしき私服の男の人が出てきて、「あっ」と声を上げた。
　そういえば、ここってヒロくんが通う進学塾(じゅく)が入ってる建物だよね？
　確か、2階が塾になってたような……。
　トレードマークの眼鏡に、よく着ている赤いチェック柄のシャツとモスグリーンのチノパン。肩に提げてるトートバッグも、いつもヒロくんが愛用してるものだ。
「ヒロくんで間違いないと思うよ」
　少し離れた場所なので、遠目でしか確認出来ないけど、あれは絶対本人だ。
　この時間帯に塾から出てきたってことは今から帰りだろうし、ヒロくんを呼んで3人で家に帰ろう。
　そう思って、ヒロくんの名前を呼ぼうとした時だった。
「……え？」
　雑居ビルの入り口に立っているヒロくんの隣に、清楚で知的そうな美人が並んだのは。
　背中まで伸びたストレートの黒髪。
　ふんわりしたレースブラウスにフレアスカート。ヒールの高いエナメルパンプス。
　遠目からでも彼女が美人だとわかるのは、目鼻立ちがハッキリ整った彫りの深い顔立ちをしているから。
　スラッとした体形で背も高く、まるで本物のモデルさんみたい。

そんな美人と肩を並べて歩くヒロくんは、今まで見たことないぐらい明るい表情で喋りながら、目の前に私と蓮がいることに気付かず、こっちに向かって歩いてくる。
「……っ」
　言葉を失ったのは、ふたりの手がしっかり繋がれているのを目にしてしまったから。
　ぎゅっと胸の奥が締めつけられて、息苦しさに泣きたくなる。
　ヒロくんが特定の女子と親しくしているだけでも衝撃的なのに、仲睦まじく微笑み合う姿を目の当たりにしたら、ショックを隠せないよ……。
「れっ、蓮、帰ろう？」
　このままだとバッタリ鉢合わせしてしまうので、蓮の腕を掴んで違う方向を指差す。
　……やだ。
　こんな状態でヒロくんと顔を合わせたくない。
　そう願ったのも束の間、「……花穂？　それから蓮も。ふたり揃ってめずらしいな」と前方から今最も声をかけられたくない相手から話しかけられて。
「……もしかしてデートだった？」
　最悪なことに、私と蓮が手を繋いでいることに気付いたヒロくんは私達が付き合っていると誤解してしまい、驚いた様子でこっちを見ていた。
　ショックのあまり顔を上げられずにいると、蓮が「隣にいるの誰？」と彼女をチラッと見ながら質問して、ヒロく

んの答えを待った。
　嫌……。
　答えなんて聞きたくないよ。
　決定的なことを言われたら、きっと立ちなおれない。
　ズキズキ痛む胸を服の上から押さえながら、何かをこらえるように下唇をきつく噛み締めていると。
「彼女は岡崎亜佑美さん。同じ塾生で、Ｎ女学院に通う1年生」
　ね、とヒロくんが優しく促し、亜佑美さんが笑顔でうなずく。
　それから、私と蓮の方に向きなおり、丁寧なお辞儀をしてから自己紹介してくれた。
「はじめまして。岡崎亜佑美です」
　Ｎ女学院は市内でも有名なお嬢様学校だ。
　確かに言われてみれば、亜佑美さんのおしとやかな雰囲気や清楚なたたずまいはお嬢様っぽい。
「亜佑美にも前にも話したことある僕の幼なじみを紹介するよ。彼女は、牧野花穂。それから、隣にいるのが松岡蓮。ふたり共、同じマンションに住んでるんだ」
「どうも。松岡です」
「ま、牧野花穂です……」
　ヒロくんに紹介されて、今度は私と蓮が亜佑美さんに自己紹介する。
"亜佑美"……。
　名前を耳にした瞬間、すぐにわかった。

この前、ヒロくんと電話してた相手だって……。
「で、ふたりは付き合ってるんだ？」
　にこやかな顔で蓮が質問すると、ヒロくんと亜佑美さんは照れくさそうに微笑み、同じぐらい真っ赤な顔でうなずいた。
「……一応。今月から」
「へぇ。どうやって知り合ったの？」
　蓮が質問すると、亜佑美さんがヒロくんと目配せしてからふたりの経緯を教えてくれた。
「ヒロさんとは、元々中学から同じ塾に通っていて、顔見知りだったんです。お互いに本好きでよく貸し借りしたり、図書館で待ち合わせて一緒に勉強したりしてるうちに仲良くなって……」
「それで、僕から告白して付き合うようになったんだ」
　長い付き合いの中で一度も見たことない、幸せいっぱいの顔で微笑むヒロくん。
　眼鏡の奥で優しく細まる目元やほんのりと赤らんだ頬を見て、胸の痛みがよりいっそう大きくなる。
　……だ。
　嫌だ。
　嫌だよ、ヒロくん。
　ほかの女の子の前でそんな顔しないで……。
　いくらそう願ったところで、ヒロくんに彼女が出来た事実は変わらず、悲しい気持ちが押しよせるだけ。
「……よ、よかったね、ヒロくん」

精いっぱいのぎこちない笑顔で祝福したけど、瞼がピクピク痙攣して、涙が込み上げそうになる。
　もうこれ以上、ここにいたら駄目だ。
　我慢の限界を超えて、みんなを困らせることになる。
「あっ。そういえば家の用事があるんだった。急いで帰らなきゃ、もう行くねっ」
　わざとらしいとは思ったけど、泣き顔を見られるよりはずっとマシ。
　さも用事を思い出したフリしてくるりときびすを返すと、パンプスの踵を鳴らして走りだした。
「花穂っ」
　背中の方から蓮に名前を呼ばれる声がしたけど、一切振り返らず、その場から一目散に逃げ出す。
　ヒロくんに彼女が出来たなんて嘘だ……っ。
　心音がばくばくして、胸が押し潰されそうなぐらい息苦しい。
　視界が歪んで顔を上げたら、目から大粒の涙が溢れて頬に伝い落ちていった。

◆悪魔と涙

『花穂、どうしたの？　もしかして、また蓮に泣かされた？』
『うっ……ひっく、ヒロくぅん……っ』
　——子どもの頃から、ずっと。
　蓮にいじめられて泣く度に、私を慰めてくれたのはヒロくんだった。
　人をからかっていじめてばかりの蓮と違って、ヒロくんはいつも優しく接してくれる。
『蓮には花穂に意地悪するなってまた注意しておくよ。少なくとも僕のそばにいる間は手出しさせないから、安心して』
　まるで本当のお兄ちゃんのように、蓮から私を守ってくれたんだ。
『……ヒロくんの部屋にしばらくいてもいい？』
　両親が共働きで鍵っ子だった私は、蓮の手から逃れる唯一の安全圏だったヒロくんの部屋にしょっちゅう入り浸っては遅い時間まで矢島家で過ごしていた。
　……そんな誰よりも大好きだったヒロくんに彼女が出来たことを知って、声にならないぐらいダメージを受けている。

「花穂、今日は午後から曇りになるそうだから、念のために折りたたみ傘を持っていった方がいいんじゃない？」
「……うん」

「あら、どうしたの？　元気がないみたいだけど」
「ううん……、ちょっと寝不足なだけだから。心配しないでお母さん」
　ストロベリージャムを塗った食パンを手に持ったままぼーっとしてたら、キッチンカウンターで洗い物をしていたお母さんに心配されて、小さく首を振った。
　寝不足なんて嘘。
　本当は失恋して落ち込んでるだけ……。
「そういえば、今日は仕事で夜遅くなるから、戸締まりにはくれぐれも気を付けてちょうだいね」
「僕も出張で地方に一泊してくるけど、何かあったらすぐ連絡するように」
「うん……」
　ほとんど聞き流していた両親の言葉に相槌を打ちつつ、もそもそと食パンを食べる。
「なんだ？　朝からぼんやりしてるなぁ」
「…………」
　目の前の席で経済新聞を広げて読んでいるお父さんが私に話しかけてきたことにも気付かないくらい、頭が働いていなくて。
「それよりも、そろそろ制服に着替えないと遅刻しちゃうわよ」
　濡れた手をエプロンの裾で拭いながらキッチンから出てきたお母さんに注意されて、慌てて残りを食べた。
　——パタン。

朝食を終えて自分の部屋に戻ってきた私は、後ろ手にドアを閉めるなり深いため息。
　早く着替えなきゃいけないのに気分が憂鬱すぎて、ずっしりと肩に重しをのせられているみたい。
「……ヒロくんに会いたくないな」
　ポツリと呟き、ズルズルと床の上にしゃがみ込む。
『──僕から告白して付き合うようになったんだ』
　昨日、本人の口から聞かされた"彼女"と交際するまでのエピソード。
　……ヒロくん、すごく幸せそうな顔してた。
　亜佑美さんも同い年なのにしっかりしてそうな美人だったし。
　同じ塾の子といい感じになってたなんて、これっぽっちも気付かなかったよ。
「失恋、しちゃったんだよね……」
　声に出したら、チクリと胸が痛んで。
　手の甲で目元を拭い、一生懸命泣くのをこらえた。
　……今日は、先に学校行っててってヒロくんに連絡しておいたし、とっくに家を出たよね？
　普段より10分遅めに身支度を整えた私は、おっくうな気持ちのまま玄関先へ。
　はぁ……と重い息を吐き出しながらドアを開けたら。
「やっと来た」
　家の前の柱に背中をもたせかけるようにして腕組みして立つ蓮と目が合い、「ヒッ」と後ずさった。

──そ、そうだ。すっかり忘れてた!!
　昨日、あのあと追いかけてきてくれた蓮が家まで送り届けてくれたけど、呆然としていて覚えていない。
　スマホに着信が入ってたけど、人と話す気になれなくてわざと無視してしまったんだ。
「昨日、送ってあげたのに電話にも出ないとか、どういうつもりか聞いてもいい？」
　表面こそ爽やか〜な笑みを浮かべているものの、よく見るとこめかみの部分に青筋が立っていて、かなりご立腹の様子。
「あ、あの、その……わざとじゃな……」
「登校がてら、その辺の説明をじっくりしてもらおうか」
　慌てふためく私の肩にガシリと腕を回して、蓮がエレベーターの方まで引きずっていく。
　やばい。
　これは完璧に怒ってるよ。
「人が"手錠"つけた直後に逃げ出すとかいい度胸してるよね」
　スッと鋭く目を細めると、蓮がタイミング良くやってきたエレベーターの中に私を押し込んで。
「……っ！」
　私の両手首を頭の上で縫いとめるようにして片手で拘束すると、体を壁に押さえ付けてきた。
「3秒だけ時間あげる。3秒以内に、昨日逃げ出した理由を言わなきゃ、口の中に舌突っ込んでキスだから」

「そ、そんな横暴な……っ」
「はい。いーち、にーい、さー……」
　──ドンッ!!
　蓮がカウントし終わるのとほぼ同じタイミングで掴まれた手首を無理矢理ほどいて、蓮の体を突きとばす。
「……っ、説明しろとか絶対無理だから!」
　ぜぇぜぇと息を吐き出しながら肩を震わせて叫ぶ。
　思わぬ反抗に面食らったのか、蓮がポカンとしている間にちょうど良く１階に着いたエレベーターから飛び出して、無我夢中で走った。
　昨日からずっと走りっぱなしだ、私……。
『３秒以内に、昨日逃げ出した理由を言わなきゃ──』なんて、そんな一方的な尋問、答えられるわけないじゃない。
　ただでさえ失恋で塞ぎ込んでるのに……。
　ヒロくんに恋人がいたことをネタにして、蓮が私をからかってくる光景が目に浮かび、冗談じゃないと下唇を噛み締める。
　その時、上空からポツリと冷たい滴が頬に落ちてきて、顔を上げたらどんよりした曇り空が広がっていた。

　結局、その日は学校にいる間中、蓮のことを無視し続けて、極力口をきかなかった。
　隣の席から痛いくらい視線を感じて焦ったけど、ほかの生徒を気にしてか、マンションにいる時みたいに迫ってくることはなくて、ほっとしてたんだけど──。

「ねえ」
「！」
　帰りのSHR(ショートホームルーム)を終えて、ようやく帰れると安心したのも束の間、下駄箱(げた)の前で私を待ちぶせていた蓮に捕まってしまい、サーッと顔が青ざめた。
「昨日に続いて今日も人のことスルーするとか、それなりの覚悟(かくご)が出来てるって受け取るけどいいの？」
　ま、まずい。
　周囲に助けを求めようにも、担任に頼まれた資料を準備室に運んでる間に下校ラッシュが過ぎて、辺りに誰も人がいない。
「あ、あの……」
　しどろもどろで必死に言い訳を考えていると、蓮に腕を引っ張られて、強引に引き寄せられた。
「さ。一緒に帰ろうか？」
　──出た、暗黒スマイル……‼
　爽やかな笑顔の後ろでドス黒いオーラが渦巻(うず)いている幻覚が見えるのですが。
　昨日はなんとなく優しく感じたのに、あれは全部気のせいだったんだ。
　否(いな)が応でもがっちり手を握られた状態では逃げ出せず、大人しく肩を並べて歩きだす。
「あれ……？」
　昇降口を出たら、雨がザーザー降っていて。
　そういえば──と、お母さんから傘を持っていくよう言

われていたことを今頃になって思い出した。
「傘持ってきてないの？」
「も、持ってきてない」
「……マジか。俺も持ってきてないんだよね」
「どうしよう……。この感じだとしばらくやみそうにないよね？」
「どっかに寄って買ってってもいいけど、家まで走った方が早そうだし走ろうか」
「わ……っ」

蓮に手を引かれたまま、土砂降りの中を走りだす。

パシャパシャと足元の水たまりが跳ねて、靴も靴下もびしょ濡れに。

遠くの方からゴロゴロと雷も鳴りだしていて、雷が苦手な私は肩を縮めておびえてしまう。

マンションに着く頃には全身ずぶ濡れの状態で、生地にたっぷり水気を含んだ制服は重たくなっていた。
「や、やっと着いた……」

額に張り付いた前髪を指でよけながら自宅の前でため息を吐き出す。

濡れた毛先から水滴（すいてき）がぽたぽた落ちてくるし、体はすっかり冷えきってるしで散々な目に遭った。
「早く部屋入ってシャワー浴びなよ。そのままじゃ風邪ひくよ」
「う、うん。そうする」

この感じだと鞄の中もひどいことになってそうだなぁと

がっかりしながら、ファスナーを開けて自宅の鍵を取り出そうとしたら。
「……ない」
　あ、あれ？
　いつも入れてるポケットの中に鍵がない。
　もしかして、ペンケースやポーチの中に間違えて入れちゃったとか？
　ほかにも、ブレザーやスカートのポケット、ランチトートとくまなく捜したものの——やっぱりない。
　その時ふと、昨日出かけた時に持っていたバッグから鍵を取り出した記憶がないことを思い出して、愕然とした。
　う、嘘でしょ……っ。
　こんな時に限って家に入れないとか最悪すぎる。
　お父さんもお母さんも、今夜は仕事で帰ってこないし、どうしよう……。
「どうしたの？」
「い、家の鍵が……」
「まさか、なくしたとか？」
「……ううん。家に忘れてきた」
　涙目で話す私に、蓮は「マジで？」と呆れ顔。
　全身ずぶ濡れの状態で家に入れないとか、風邪ひきコースまっしぐらだよね。
「今日はお父さん達が仕事で帰ってこないから、忘れないようにしなくちゃって気を付けてたんだけど……」
「だけど？」

「……昨日使った鞄から鍵を取り出しておくのを忘れてたみたいで」
「なのに、てっきりいつもの場所に鍵が入ってると思い込んで出かけたってわけか」
「……はい」
　自らの失態を明かして、しゅんと項垂れていると。
「じゃあ、とりあえずうち来なよ」
　呆れた様子で息をつきながら、蓮が自宅の鍵を開けて、中に上がるよう顎先で促してきた。
「えっ!?　でっ、でも……っ」
　蓮の家にふたりきりとか考えられないし、それはさすがにまずいんじゃ……。
　だって蓮は今ひとり暮らしだし、完璧に逃げられない状況で何をされるかわかったもんじゃない。
　身の危険を感じて、一瞬身構えたものの、
「何警戒してんの？　俺、花穂みたいなブスに手を出すほど飢えてないんだけど」
「なっ」
「ほら、さっさと入りなよ」
　入り口の前で躊躇してたら、蓮にグイグイ背中を押されて、玄関に入らされてしまう。
　ひ、ひどい。
　今「ブス」って言った……！
　おまけに、鼻で笑って一蹴されたし。
　腹立つ……けど、助かったのは事実だから何も言い返せ

ない。
「お、お邪魔します……」
　家に上がる前に濡れた靴下を脱いで素足で上がると、蓮から「先にシャワー浴びてきなよ」と言われて、慌てて断った。
「だ、駄目だよ……っ。ここは蓮の家なんだし、蓮が先に入っ──くしゅんっ」
「人に言ったそばからくしゃみしてるし。いいから先に入りなよ」
「で、でも」
「じゃあ、ふたりで一緒に入る？」
「お先に失礼します!!」
　蓮が言うとシャレにならないので、逃げるようにバスルームへ飛び込む。
　バタンッと勢い良くドアを閉めたら、廊下の方から「クッ」と噛みころしたような笑い声が聞こえてきて、耳のつけ根まで一気に熱くなった。
　ま、またからかわれた……。
「あとで適当に着替え出しとくから、ゆっくり温まっておいで」
「……う、うん」
　ドアの外から蓮に話しかけられてこくりとうなずく。
　ムカつくけど先にお風呂を貸してくれたし……昔と比べて少しは優しくなったのかな？
　……それにしても。

今更だけど、これってとんでもない状況なんじゃ……。
いくら急な出来事とはいえ、ひとり暮らしの男の人の家にノコノコ上がるとか、かなり危険なような。
『何警戒してんの？　俺、花穂みたいなブスに手を出すほど飢えてないんだけど』
ポンッとさっきの蓮の言葉が頭の中に浮かんで、そんなわけないかと胸を撫で下ろす。
今まで何度かキスされたけど、あれは本気でじゃなくて、からかう目的でしてきただけだろうし……大丈夫だよね？
「くしゅんっ」
変なことを考えてたらまたくしゃみが出て、体がブルッと震える。
蓮だって早く体を温めなくちゃ風邪ひいちゃうし、急いで入ろう。
雨で濡れてしまった制服を脱いで丁寧に折りたたむ。
その時、昨日蓮にもらったブレスレットも外して、脱衣籠の中に入れた制服の上に置いておいた。

——サー……。
頭から温かいシャワーを浴びて、ほっとひと息つく。
「お、お借りします……」
誰に断るでもなく呟くと、シャンプーのボトルをプッシュして、髪を洗わせてもらった。
蓮しか使ってないものだから当然だけど……、蓮と同じ匂いがしてなんだかドキドキする。

——って、何考えてるの私ってば。
　ブルブルと頭を振って、雑念を振り払っていると。
「ちゃんとあったまってる？」
　なぜか脱衣所の方から蓮の声がして、ぎょっとしてしまった。
「なっ、なんでそこにいるの!?」
「なんでって、着替えとバスタオル置きにきただけだけど」
「だ、だからって人がシャワーを浴びてる時に入ってくるなんて……」
「馬鹿。元々、このマンションの風呂場は外から中が見えないよう窓ガラスにフィルムが貼ってあるだろ。同じ造りなのに、何忘れてんの」
「そ、それはそうだけど……でも」
　ドア一枚を隔てただけで、すぐそこに蓮がいるって思うだけで気持ちが落ち着かないのですが。
　いくら外から中の様子が一切見えなくても、恥ずかしいものは恥ずかしくて、壁際で縮こまってしまう。
「着替えとか届けにきてくれたのは助かるけど、今すぐ出ていって……ほしい、です」
「すぐ出てくけど……、べつにそこまで取り乱すことでもなくない？　昔はヒロも含めて３人で風呂入ってた仲じゃん」
「そっ、そんな小さい頃の話……っ」
　幼稚園の時の話をされて、思わず真っ赤な顔で叫ぶと、ドアの向こうから「クッ」と噛みころした笑い声が聞こえ

てきて、またからかわれていることに気付いた。
　も、もうっ。
　蓮ってば悪ノリしすぎだよ。
　うう、と悔しい気持ちを抑えていると。
「今、そっちに背中向けてるし、すぐ出てくけど──ひとつだけ質問していい？」
　質問って、蓮が私に……？
　きょとんと首を傾げながら「いいけど……」と答えたら、一瞬シンと静まり返って。
　シャワーのお湯が排水溝を流れている音だけが浴室内に響き、何を聞かれるのだろうと無意識のうちに身構えてしまった。
　……それは、なんとなく嫌な予感がしたから。
「昨日の──ヒロの件、どう思った？」
　蓮が静かに訊ねてきて、やっぱりと言葉をなくしてしまう。
　今日１日蓮から逃げ回っていたのも、この話題を出されたくなかったからなのに……。
　ヒロくんと亜佑美さんのことを考えただけで胸が苦しくなって。
　目頭に熱いものが込み上げた直後、視界がぐにゃりと歪んで大粒の涙がタイルの床に零れ落ちた。
「……っく…ひっ……」
　シャワーヘッドを持っていない方の手で目元を押さえ、何度も何度も拭い取る。

けど、涙はちっとも止まってくれなくて。
　泣きじゃくる私の声が、今の質問に対する「答え」だった。
「……よくわかった。変な質問して悪い」
　──パタン、と静かにドアを閉める音がして、蓮が脱衣所から出ていったことをなんとなく悟る。
　多分、気を使ってくれたんだよね……？
　私が本気で落ち込んでるから、蓮なりに配慮したんだと思う。
　普段は平気でからかってくるくせに、こんな時だけ優しいなんてずるいよ。
『なんでそんなひどい質問するの!?』って怒れないじゃない……。

　シャワーを終えてバスルームを出ると、洗濯機の上に着替えとバスタオルが置かれていて、遠慮しつつ使わせてもらうことにした。
　上下お揃いのスウェットは、上着は私が着るとぶかぶかのサイズで、膝がすっぽり隠れ、腕まくりを何回もしないと指が隠れてしまう。
　これだけならだぼっとしたワンピースを着てるみたいでよかったんだけど、問題は下の方。
　当たり前だけど、蓮と私じゃ腰回りも足の長さも全然違うわけで。
　何度ズボンをはいて腰紐をきつく結んでもズルズルと脱

げてしまい、仕方なく上着だけの格好に。

　ひとり暮らしだし、元々女の人が住んでるわけじゃないから女性サイズの着替えなんてあるわけないし、仕方ないか。

「れ、蓮。先にシャワーを貸してくれてありがとう……」
　素足のままぺたぺたと廊下を歩いてリビングに向かうと、蓮は革張りの黒いソファに寝そべって、くつろいだ様子でテレビを見ていた。
　私がソファの横に立つと、蓮もゆっくり上体を起こして。
「ていうか、何その格好。なんで下はいてないの？」
　私の格好を見るなり、眉間に皺を寄せて顔を顰めた。
「蓮のズボン、サイズが大きくて落ちてくるんだもん。仕方ないじゃん……」
　説明したら、すぐ納得いったように「言われてみれば確かにそうか」とうなずき、人の足をじっと見てきた。
「な、何……？」
「いや、膝まであるし、下がなくても大丈夫そうだなと思って。ほかの服貸してあげたいところだけど、どれもサイズ一緒だし」
「大きめのワンピースっぽいから平気だけど……、それよりも私が着てた服は？　脱衣籠に入れてたはずなんだけど、見当たらなくて」
「ああ。あれならさっき、近所のクリーニング店に出してきたよ。俺の制服も濡れてたし、洗濯して乾かさないと困

るだろ？」
「えっ、この雨の中……？」
「ちょっと行ってきただけだし、傘差してたから大して濡れてないよ。そんなことよりも、髪ちゃんと乾かしなよ。せっかくあったまったのに湯冷めしたら意味ないし——こっちきて」
　蓮の隣に座るよう促されて、少し躊躇してから端っこの方にちょこんと腰かける。
　いくら昔よりも優しくなったような気がするとはいえ、昔のことがあるので完璧に気を許すことは出来ないし、若干警戒していると。
「ちょっと待ってて。物取りにいってくる」
　と言って、リビングから出ていってしまった。
　ひとり残された私は、首にかけているタオルで濡れている頭をふきながら、そういえば……と部屋全体を見渡し、うちと同じ間取りなのにやけに殺風景に見えるのは、テレビの周辺しか家具が置かれてないからだと気付いてしまう。
　テレビと２人掛けのソファと床に敷いたラグマット。
　ほかには、テレビ台の下に映画のDVDがきちっと並べられているぐらい。
　引っ越しの段ボール箱も部屋の隅に置かれたままだし、テレビを見る時しかここにいないのかな？
　……カウンター越しにチラッと覗いたキッチンも冷蔵庫やレンジ、炊飯器はあるけど、備えつけの食器棚は空っぽ

だし、あんまり使われてる形跡(けいせき)がなさそう。
　もしかして、デリバリーや外食ばっかりしてる……？
　蓮のおじさんはお金持ちだし、仕送りも多いと思うけど、なんだかちょっと心配だな……。
　昔は家事代行サービスを頼んでたみたいだけど、今はそうじゃないみたいだし。
　……嫌い、だけど。
　キッチンを見た感じだとあんまり自炊してなさそうだし、今度何か作って差し入れしてあげようかな？
「何部屋ん中じろじろ見てんの」
「ひゃっ!?」
　リビングの中を見渡していたら、いつの間にか蓮が戻ってきていて、気配を感じなかった私は驚きの声を上げてしまった。
「ほら。こっち座って」
「へ？」
　ドライヤーを手にした蓮に、足の間に座るよう促されて目を見張る。
「い、いいよ！　自分で乾かすから」
「いいから早く」
　ギロッと鋭い目でにらまれて、ビビりの私は「……はい」と震えながら、蓮の足の間に移動してぺたんとじゅうたんの上に座る。
　わ、私の意気地なし……。
　ちょっとにらまれたぐらいで大人しく言うこと聞い

ちゃって、こんなんだからいつまでも足元を見られるんだよ。

とほほ……と自分のヘタレぶりを嘆いていると、蓮がドライヤーの電源をつけて、わしゃわしゃと髪を掻き回してきた。
「熱かったら言って」
「う……うん」

大きな手のひら。頭を撫でるような優しい手つきに、さっきまでの警戒心が解けて、体から力が抜けていく。

あ……、気持ちいい。

髪を乾かしてもらってるだけなのに、なんだかうっとりして、このまま眠っちゃうそう。
「──さっきの話だけど、花穂はヒロに気持ちを伝えなくていいわけ？」

うつらうつらしながら頭を揺らしていると、蓮がさっきの話を掘り返してきてパチリと目が開いてしまった。
「アイツに彼女がいようがいまいが、このまま大人しく引き下がる気？」

ドライヤーの電源を切って、淡々とした口調で質問してくる蓮。

なんとも言えず黙り込んでいると、後ろから肩を掴まれ、体を蓮の方に向かされてしまった。

怖いぐらい真面目な顔した蓮に「花穂はそれでいいの？」と聞かれて、ぐっと拳を固く握り締める。

いいか悪いかなんてそんなの──。

「……今更、気持ちを伝えてどうするの？　ヒロくんにはもう付き合ってる人がいるんだよ？　そんなの……困らせるだけだよ……」

　目の奥に熱いものが込み上げて、喉の奥が締めつけられたように息苦しくなってくる。

「そもそも、こんな私なんかに好かれても誰も嬉しくないだろうし……。それこそ、亜佑美さんみたいな美人じゃないとヒロくんだって振り向いてくれないよ」

　こんなこと蓮に言ったって仕方ないのに……。

　つい自棄になって、自分を卑下するようなことばかり口走ってしまう。

　──悲しい。

　──苦しい。

　──切ない。

　いろんな感情が込み上げて、どうすることも出来ない。

「蓮もそう思うでしょ？　……っどうせ私なん」

　て、と言いかけた──その時。

　蓮に腕を引っ張られて強引に顔を上げさせられた私は、次の瞬間、大きく目を見開かせた。

　なぜなら、蓮の綺麗な顔が目の前に迫っていて、あっと思う間もなく唇を奪われていたから。

「……っ」

　最初は唇同士が軽く触れ合っただけの短いキス。

　それから今度は、蓮の腕に強く抱き締められて。

「……口開けて」

ボソリと耳元で囁かれ、顔中が一気に熱くなる。
　無理、と蓮の胸に手を突いて離れようとしたら、そうする前に両手で頬を持ち上げられて、二回目のキスを落とされた。
「やめ……っ、ふ」
　何度も角度を変えながら深い口づけをされて、次第に息が荒くなっていく。
　上気した頬。呼吸の合間に漏れる、静止の声。
　どんなに力を入れてもビクともしない、掴まれたままの手首。
　目尻に涙が浮かぶのは、息をうまく吸えないからなのか、それとも——。
「ふっ……うぇっ……」
　ズキズキと痛んだままの心は、とっくに限界を超えて、大粒の涙と一緒に嗚咽が漏れてしまった。
　ヒロくん、ヒロくん、ヒロくん。
　何度心の中で呼びかけても、ヒロくんに彼女が出来た事実は変わらなくて。
　いつか気持ちを伝えられたらいいな……なんて、告白する勇気もなく夢見がちなことを考えていた自分が情けなくて。
　直接伝えられない気持ちを手紙に込めても、結局渡せずじまいのまま……。
　蓮に盗られたことを抜きにしても、臆病者の私は、今の関係が崩れることを恐れて、何も言えずにいたんだ。

何よりも悔しいのは、意気地なしの自分自身。
"いつか"なんて甘いこと考えてないで、少しでもヒロくんに女の子として意識してもらえるよう、もっと勇気を出してアクションを起こせばよかった……。
　そう思う度に、後悔が押しよせて胸が押し潰されそうになっていた。
「……今だけ全部俺のせいにして好きなだけ泣きなよ」
　ふわりと、蓮が泣きじゃくる私の背中に腕を回して、優しく包み込むように抱き締めてくれる。
「花穂は今、好きでもない男に無理矢理キスされて泣いてる。──そうだろ？」
「れ、ん……」
　私が泣いてるのは、決してヒロくんが理由ではないと。
　あくまでも自分のせいだと主張する彼に、なんてわかりづらい優しさなんだろうとぽろぽろ涙が溢れてくる。
　昔ならこういう時、必ず馬鹿にしてきたのに。
　どうしてそこまで気遣ってくれるの？
　私が失恋したことを笑い飛ばして、傷口に塩を塗り込むような暴言を吐くのが蓮でしょ？
　……でも、本当は少しずつ気付きはじめてる。
　昔と違って、再会してからの蓮が優しくなっていること。
　相変わらず強引だし意地悪な面もあるけど……それでも、小学生の頃と比べてだいぶ大人になって、私を気遣ってくれるようになった。
「好きだったんだろ？　……ヒロのこと」

♡2nd 優しい悪魔？ >> 153

　蓮が私の頭をよしよしするように撫でて、一度も聞いたことない穏やかな声で質問してくるから。
　涙腺が壊れた私は、目から大粒の涙を零しながら、静かに首をうなずかせたんだ。
　……好きだった。
　ほんとにずっと、小さい頃から優しいヒロくんが大好きだった。
「……なら今は、思う存分泣けば？」
　蓮は私の後頭部を押さえると、広い肩口に額をうずめる形で軽く押し付けてきて。
　私が泣きやむまでの間、しばらくそのままの状態で抱き締めてくれていたんだ。
「……りがと」
　──ありがとう、蓮……。
　今だけ。
　ほんの少しの間だけ、自分の気持ちに正直になって泣くから。
　落ち着いてすっきりしたら、ヒロくんへの想いを忘れて、なるべく失恋を引きずらないよう努力する。
　だって、ヒロくんは"幼なじみ"としても家族のように大切な存在だから。
　私が勝手に失恋を引きずって避けたりしたら、それこそ気まずい関係になってしまう。
　そんなのは絶対嫌だから。
　今すぐ、は無理かもしれないけど。

いつか、心から彼女との仲を祝福して喜んであげられる自分になりたい。
　失恋の痛手は苦しいけど、ヒロくんを好きになれて本当によかったって思ってるから……。
　――少しずつ気分が落ち着いてくると同時に急な眠気に襲(おそ)われて、蓮の腕の中でうつらうつらしていく。
　昨日、あんまり眠れなかったからかな？
　肌でぬくもりを感じとるうちに、徐々(じょじょ)に意識が遠のいていって。
　泣き疲れた私は、そのまま深い眠りの底に落ちていってしまったんだ。

♡ 3rd
悪魔の態度

◆悪魔が心配？

「ん……」
　チチ、チュンチュン……。
　瞼の上に感じるまぶしい光と、外から聞こえてくるスズメの声。
「もう朝……？」
　目元をこすって、のそりと上体を起こそうとしたら──あれ。動けない。
　なんでだろうと視線を下げていくと、私の腰まわりに2本の腕が巻きつかれていてがっちりホールドされている。
　これは一体……と振り返った私は、隣に蓮が寝ていることに気付いて、悲鳴を上げそうになった。
「!?」
　な、なんでベッドで一緒に寝てるの!?
　徐々に頭が冴えてきて冷静に部屋の中を見回すと、ここが自分の部屋でないことに気付いてうろたえる。
　黒で統一された寝具に、私を抱っこしながら寝ている蓮。
　この状況から、どう考えても蓮の部屋にいるのは明らかで。
「……いつの間に寝ちゃったんだろう？」
　昨日は確か雨に濡れて、蓮の家に上がらせてもらったあとシャワーを借りて……と順番に思い出していくうちに、たくさんキスされたことを思い出して、ボンッと顔に火が

ついたように熱くなった。
　あ、あれは私を慰めるためのもので、特別な意味は含まれてないけど、でも——。
「あれ……？」
　両手で頬を押さえていると、ふと手首に蓮からもらったブレスレットが揺れていることに気付いて首を傾げる。
　昨日、シャワーを浴びる前に外して、制服の上に置いたままだった気がするんだけど。
　もしかして、蓮がつけてくれたのかな……？
　前に、このブレスレットのことを"手錠"って言ってたし、肌身離さず身につけてろって意味だったりして。
　蓮なら実際そう言いかねないと、思わず引きつり笑い。
　……それにしても。
　背中に蓮のぬくもりを感じているせいか、またウトウトしてきて。
　早く離れなくちゃって思うのに、ふわぁっと欠伸が漏れて、ゆっくり瞼が閉じてしまう。
　あ、駄目。このままだと二度寝しちゃう。
　半分意識を手放しそうになりつつ、机の上に置かれた時計に目をやって、ハッと目を覚ます。
「嘘っ、もうこんな時間なの!?」
　血相を変えて飛びおきた私は、急いで蓮をたたき起こした。
「ううっ。クリーニングに出してもらった制服を取りにいって、どこかで着替えてから学校に行くとして……絶対遅刻

しちゃうよ」
「だから、俺が取りにいくって。その間にほかの支度済ませときなよ」
「い、いいよ！　元々私の制服だし、自分でなんとかするから。それよりも蓮の方こそ早く準備しないと間に合わないよ。ほら、早く急いでっ」
「ちょっ、腕引っ張んないでよ」
　朝から蓮とひと悶着。
　どっちが制服をクリーニング店に取りにいくか揉めて、制服に着替えた蓮とスウェット姿の私が押し問答しながら玄関ドアを開けたら。
　——ガチャッ。
「あれ？　蓮……と花穂？」
　運悪く私達と同じタイミングで703号室からヒロくんが出てきて鉢合わせしてしまった。
　蓮の家から蓮の部屋着を着たまま出てきた私を見て、驚いたように目をぱちくりさせているヒロくん。
　でもすぐ何かを察したらしく、「……なるほど。そういうことか」とひとりで納得したようにうなずいている。
「ヒ、ヒロくん。これはね、えっと」
　どうしよう。
　この状況を一から説明しようにも、目がぐるぐる回ってうまく言葉が出てこない。
　蓮と腕を組んでる姿（ただ単に、家から出すのに腕を引っ張っただけ）を見られた上に、朝帰りまで目撃されて、一

体どうしたら――。
　オロオロする私とは反対に、蓮は頭の後ろを掻いて、のんきに欠伸なんかしてるし。
「よかったね、花穂」
「へ？」
　よかったって何が……。
　穏やかに笑うヒロくんを見て、嫌な予感がすると。
「蓮と仲直りしたんだろ？　昔はよくいじめられてたけど、今はそんなことなさそうだし、いろいろと安心したよ」
「ちょ、あの、ヒロく……」
「……まあ、そこまで一気に距離が縮まってるとは思わなかったけど、もう高校生だしね。花穂の両親には、朝帰りのこと黙っておくから」
　やっぱり、私と蓮が付き合ってるって誤解してる……っ!!
　照れくさそうに頬を赤らめるヒロくんに「ちがっ」と否定しようとしたものの、蓮に口を塞がれて。
「安心してよ。避妊だけはちゃんとしてるから」
　何を考えているのか、蓮がとんでもないことを言いはじめ、目玉が遠くまで吹っとびそうになってしまった。
　なっ、ななな、何言ってるのこの男は……!!
　瞬間湯沸かし器みたく顔を熱くさせながら蓮をにらみ上げるものの、全く利いてないのか余裕の表情。
　おまけに、後ろから私の体をぎゅっと抱き締めてきて、
「花穂は照れ屋だから自分の口から言い出せなかったみた

いだけど、そういうことだから。ヒロも彼女とうまくいくよう祈ってるよ」

　なんて、さもそれっぽく虚偽報告して、嘘を事実に塗りかえてしまった。
「ありがとう。少し恥ずかしいけど、そう言ってもらえて嬉しいよ。蓮こそ長年の想いが報われてよかった──」
「あー、それより、そろそろ急がないと学校遅刻するな。俺らはちょっと寄るとこあるから、ヒロだけ先行ってて」

　ヒロくんの言葉を遮るように大きな声を出して無理矢理話題を変えようとする蓮の行動に「ん？」と眉をひそめる。

　今、長年の想いがどうたらって気になる発言が出てきたような……？
「あ、そうだった。昨日、亜佑美と夜遅くまで電話してたら寝坊しちゃって……。悪いけど、お先に失礼させてもらうよ」

　じゃあ、と片手を上げて去っていくヒロくん。

　結局、誤解されたままの状態で呆然自失。

　蓮と付き合ってなんかないのに……。
「ほら、行くよ」

　口から魂が抜け出た状態で放心していたら蓮にデコピンされて、ハッと我に返った。

　わざわざヒロくんに勘違いさせるようなことを言うなんてひどいよ！

　ここ２、３日で「昔と変わったな」って蓮のこと見直してたのに……。

やっぱり、コイツの本性は悪魔そのもの。
　うーっと抵抗にもならないうなり声を上げて威嚇する私に、蓮は「何人のことにらんでんの?」と冷たい目で見下ろしてきて。
『この俺にそんな歯向かうような態度とっていいの?』という無言の圧力を感じた私は、すぐに屈して、がっくり肩を落とした。
　――決めた。
　もう絶対蓮の言うことは信じない。
　心の中で固く誓い、改めて蓮への警戒心を強めた。

　それからというもの。
　この一件で怒りが爆発した私は、蓮を徹底的に無視することに。
　目が合えばすぐ逸らし、声をかけられそうになれば逃げ出し、登下校の時間もずらして、蓮との接触を一切避けた。
　当然、着信にも応じず、メッセージは未読スルー。
　いくら私だって本気で怒る時は怒るんだからっ。
　最近、少しでも蓮のことを見直しかけていた自分が馬鹿みたいだし、ヒロくんにあんな嘘をつくなんて最低すぎるよ。
　ヒロくんには、私と蓮が付き合ってるって誤解されたままだし……。
　とにかく。
　今私がこれだけ悩んでいるのは、全部アイツのせい。

だから、蓮がヒロくんに嘘ついたことを謝るまで絶対許してなんかあげない。
　私も蓮におびえてビクビクしてるだけじゃないんだから！
　——っていう意思表示をするために無視し続けていたら、どんどん引けなくなってしまって。
　気付けば、蓮の家に泊まった日から何日も過ぎていた。

「花穂、松岡くんとケンカでもしたの？」
「え？」
「ここ最近、やたら避けてるっていうか逃げ回ってるみたいだし。何かあったのかと思って」
「アカリちゃん……心配かけてごめんね」
　アカリちゃんに指摘された私は、両手でサンドイッチを持ったまま、深いため息を零す。
　昼休みの今は、中庭のベンチでランチタイム中。
　本当なら親友のアカリちゃんにいろいろと相談したいところなんだけど……。
　学校一の人気者、松岡蓮の本性を人に打ち明けてもいいものなのか悩んでしまって、子ども時代にいじめ抜かれたことやこっちに戻ってきてからの数々の出来事をうまく話せずにいる。
「花一穂っ」
「わっ」
　眉間に皺を寄せて「ムムム」とうなっていたら、アカリ

ちゃんが私の眉間に人さし指をトンと当ててきて。
「何か悩んでることがあったら言ってみー？」
　ニシシッと屈託ない笑みを浮かべて、私が話しやすい雰囲気をつくってくれた。
「違ったらごめんね？　花穂が"男嫌い"になった原因って、松岡くんが関係してるのかなーって前からなんとなく思ってたんだけど、当たってる？」
「!!」
　見事に言い当てられて目を丸くしてしまう。
　な、なんでわかったの？
「その顔は図星か」
　紙パックのジュースをストローで飲みながら、やっぱりというようにうなずくアカリちゃん。
　そこまで勘付かれているなら、これ以上隠す必要もないよね……？
　うまく話せるか自信はないけど、アカリちゃんならきっと私の気持ちをわかってくれるはず。
「じ、実はね──」
　太ももの上にお弁当箱を置いて、ゆっくり顔を上げる。
　今までのことを全部話そうと口を開きかけた直後。
「うんうん。わかるわかる。はたから見てても、松岡くんってかなり花穂のこと大事にしてるし、溺愛しちゃってるもんね。花穂の苦手な男子と接触しないようさりげなくガードしてるし」
「……へ？」

「ほら、今まではあたしが花穂の男よけをしてきたじゃない？　男子とふたりになると今にも泣きそうな顔でビクビクしてるから、あたしが守ってあげなきゃ！ってガードマンみたいなことしてたんだけどさ」
「ううっ……いつも本当にありがとう」
「いーのいーの。そんでさ、何が言いたいかっていうと、松岡くんが転校してきてから、花穂に言い寄る男が減ったな〜と思って。よくよく考えてみたら、それって全部松岡くんが花穂に近付こうとする男子を威嚇して追い払ってるからだってことに気付いちゃったんだよね」
「え……？」
「言葉ではうまく説明出来ないけど、"コイツは俺のものだ"って態度で示してるというか、牽制してるというか」
　……えっと？
　コイツは俺のものだって態度で示してるってどんな態度？
　あくまでも「パシリ」としてじゃなく……？
　アカリちゃんの言ってる意味が今いちわからず、眉間に皺を寄せて考え込んでしまう。
　私が本気で意味不明そうに首を傾げているのを見て、アカリちゃんは「花穂は鈍いからなぁ」なんて苦笑してるし。
　駄目だ。さっぱりわからない。
「まあ、花穂の男嫌いは有名だから、男子も強引に迫れないんだけどさ」
「？」

「そもそも花穂は自分がモテてることに気付いてないし」
「わ、私がモテてるなんてありえないよっ。何言ってるのアカリちゃん!?」
「でも実際人気あるし。花穂が知らないだけでかなりの数の男子に連絡先聞かれたり、仲を取り持つよう頼まれてきたあたしが言うんだから間違いないって」

　衝撃の事実に、思わず「そんなことないよっ」とうろたえて否定すると、「なんで？」と聞き返されて。

　正直に「だって、私『ブス』だもん……」って答えたら、アカリちゃんが信じられないとでもいうように大きく目を見開いた。
「は？　小柄で華奢で、いかにも守ってあげたくなるような女の子らしい雰囲気で、誰が見てもかわいいベビーフェイスをしたアンタのどこが不細工だっていうわけ!?」
「だ、だって、小さい時からずっと『ブス』って言われ続けてきたし……。だから私、自分は誰よりも不細工なんだって思い込んで、からかってくる男子が怖くなって……」
「ちょっと待った。もしかして、それを言った相手が、花穂の男嫌いの原因を作った奴？」
「うん……」
「ちなみにだけど、もしかしてもしかしなくてもだけど、それって——松岡くん……？」
「…………」

　じわりと目に涙を浮かべる私を見て全てを察したのか、アカリちゃんは「あちゃー」と言いたげに額に手をつき、

納得したようにうなずいている。
「れ、蓮は私のことが嫌いだから……。だから、私が嫌がることばっかりして楽しんでるんだよ」
　めずらしく感情をあらわにして怒る私に、アカリちゃんも真剣に耳を傾けてくれる。
　この際だから全て吐き出してしまおうと、子どもの頃から現在に至るまでの話をして、これでもかってぐらい蓮に対する不満をぶちまけた。
「私がほかの子と仲良くしようとするとその人との間に入ってきて妨害するし、常に自分の監視下に置いてパシリ扱いしてくるし。それに悪ふざけで……な、何度もキスしてきたり。ともかく蓮は、悪魔みたいな奴なんだよっ」
「──ストップ。『キス』ってどゆこと？」
　気になるワードに耳を巨大化させて、どういうことか説明を求めてくるアカリちゃん。
　真っ赤になってるだろう焦り顔で身振り手振り説明し終えると。
「あー…………」
　アカリちゃんの顔つきがどんどん険しくなって、何か考え込むように頭を抱えてうなりだしてしまった。
「鈍い、鈍すぎるよ花穂」
　何か呟いてるようだけど、声が小さくてハッキリ聞き取れない。
「はぁ……」
「えっ、どうしたの!?　急にため息ついて」

「……いや、松岡くんも苦労するなぁと思って」
「蓮が苦労……？　大変な目に遭わされてるのは私の方なのに？」
「そういう意味じゃなくて……まあいいや。今のところ、子どもっぽい独占欲以外、とくに害もなさそうだし。面白そうだから、ふたりの行く末を見守ることにするよ」
　ふたりの行く末を見守る……？
　ふたりって、私と蓮のこと？
　頭上に何個も疑問符が浮かんでちんぷんかんぷん。
　きょとんと首を傾げる私の頭を「よしよし」するように撫でると、先に昼食を終えたアカリちゃんがすっくとベンチから立ち上がって伸びをした。
「よしっ。じゃあ、あたしは今から昼練しに体育館行ってくるわ」
「対抗試合、もうすぐだもんね。１年生からひとりだけレギュラー入りしたんだよね？」
「まー、補欠みたいなもんだけどね。それでも、チャンスをもらった以上は頑張らないと」
「ふふ。頑張ってね、アカリちゃん！　私も応援してるからね」
　上腕二頭筋をムンッとして気合入れするアカリちゃんに、私も両手でガッツポーズを作って声援を送る。
　笑顔で手を振り合って別れたあと、まだ昼食を終えていない私は、もそもそとサンドイッチを食べながら、今のアカリちゃんとの会話を思い出して「そういえば……」とま

た首を傾げていた。
　蓮が私に男子が近付かないよう牽制してくれてるって、一体どういうことなんだろう……？
　考えてもわからないので、真っ青な空を見上げてぼんやりする。
　雲が浮いてていい天気だなぁ……なんて、のんきなことを考えていたら。
「危ない！」
「え？」
　校舎と体育館を繋ぐ渡り廊下の方から誰かの叫び声が聞こえて。
　こっちに向かって叫ばれたような気がして顔を向けた、次の瞬間。
　──ドガ……ッ!!
　バレーボールが額に直撃して、ベンチの上に倒れ込んでしまった。
「い、いたた……」
　何が起こったのか理解出来ず、額を両手で押さえながら、はらはらと涙を零す。
　目の奥がチカチカするような、ヒヨコがピヨピヨと頭上を旋回しているような、ともかく混乱状態。
　足元を転々と転がるバレーボールを見て、どうやらコレが額にぶつかったことだけはわかった。
「悪ぃ！　ふざけて遊んでたら手元が狂って……怪我してないか!?」

♡3rd　悪魔の態度　≫　169

「ヒッ」
　慌てた様子でそばに駆け寄り、心配そうに私の顔を覗き込んできたのは、知らない男子生徒。
　栗色がかった柔らかそうな癖毛に、くるんとカールした長い睫毛、ぱっちりした大きな目、バラ色の唇と顔だけ見たら女の子に間違えてしまうぐらいかわいい見た目をしている。
　身長もそこまで高くなくて、どちらかといえば小柄な方。
　体の線が細くて華奢なせいか、中学生にしか見えない。
　でも、いくら女の子みたいとはいっても、相手が苦手な男子であることに変わりはなくて。
　つい条件反射で身構えてしまい、後ずさってしまう。
　涙目で身を固くする私を見て、相手は何か勘違いしたのか、やばいと言いたげにサーッと顔を青ざめさせている。
「うわっ、もしかして骨とかやっちゃった!?」
「ち、ちが……」
「ぶつかったのは顔面だよな？　なんかあったらやべーし、今すぐ保健室行くぞっ」
「えっ、ちょ!?」
　——グンッ、と有無を言わさず自分の肩に私の手を回させると、背中におんぶした状態で走りだす美少年。
　華奢な体形からは想像もつかないような力で軽々と持ち上げられたことにも、男子と密着した体勢にも、どちらにもびっくりして、ぐるぐる目が回りそう。
　え、えええええぇ——っ!?

一体全体、何がどうしてこんなことに。
「ひゅ～♪　絢人カッコい～っ!!」
「チビのくせして無理すんなよ～っ」
　彼の友人らしき人達と廊下ですれ違う度に、口笛を吹いてひやかされたり、こっちを指差して爆笑されて、火がついたように顔中が熱くなる。
　注目されて恥ずかしいのは彼も一緒なのか、耳のつけ根まで真っ赤にしながら「うっせぇ黙れよボケ殺すぞ!?」とかわいい顔に全く似つかわしくない汚い言葉を吐いて、男子達に怒鳴り返していた。

「げ。保健室の先生いねぇのかよ」
「…………」
　美少年におぶられたまま保健室の前に着くと、ドアには『養護教諭外出中』のプレートがぶら下がっていて、先生は不在のようだった。
　たまたま鍵が開いていたので入ると、美少年は私をベッドの上に下ろし、「ちょっと待ってろよ」と言い、薬品棚を勝手に開けてゴソゴソしだした。
「あ、あの……」
　そこは生徒が勝手に開けたらまずいんじゃ……？
「うし、あった。……少しだけ額に触るけど、痛かったら言えよ？」
「っ」
　救急箱ごとベッドまで持ち運んだ彼が、私の額に包帯を

ぐるぐる巻きして、それから冷蔵庫から取り出した保冷剤を上から押し当てて「応急処置はこんなもんかな」とブツブツ言っている。
「じゃ、ひとまず先生捜しにいってくっから、アンタはそこで待ってて――」
「ちょ、ちょっと待って……!!」
　人の話を聞く間もなく保健室から飛び出ていこうとする彼を引き留める。
「だ、大丈夫だから……。なんともないし怪我してないから、先生を呼びにいかないで」
　ちょっとボールがぶつかっただけで大した怪我でもないのに、これ以上大事(おおごと)にされたら困るよ。
「いや、でも……」
「ほ、本当に平気だから。気にしないで」
「それでも一応診(み)てもらった方が――」
「ひゃっ」
　美少年が私の顔に手をかざそうとした瞬間、ビクッと肩が跳ねてしまって。
　ここまで必死にこらえていた男嫌いが発動して、彼の手をぺちんと払いのけてしまった。
「あっ……ご、ごめんなさいっ」
「…………」
　美少年は呆気(あっけ)にとられたような顔で、困ったように頭の後ろを掻いている。
「ごめんなさ……ごめ……ううっ」

……どうして私はこうなの？
　こんな相手を傷付けるようなことしたくないのに、
　体が勝手に拒否反応を起こして、失礼な態度をとってしまう。
　過剰なほど男子を警戒して、ガチガチにおびえて。
　蓮の前で普通でいられるようになって微かに期待してた。
　もしかしたら、少しずつ男嫌いを克服していってるのかもしれない。
　──なんて、馬鹿みたいな期待を。
　なのに、結局何も変わってなかった。
　その事実が悲しくて……。
　相手への申し訳なさから、両手で顔を覆って泣きじゃくっていると。
「や、オレこそ悪かった。今思い出したけど、アンタ、男嫌いで有名な子だもんな」
「え……？」
「入学した頃から、『牧野花穂は極度の男性恐怖症だから、むやみやたらに近付いておびえさせたり、怖い思いをさせないよう、彼女をそっと見守る協定を結んだ』って、ファンクラブの奴らがよく騒いでんの聞いてたから」
「ファ、ファンクラブ!?」
　──って、何それっ。全く知らないよ!!
　鳩が豆鉄砲を食ったような顔で唖然としてたら、「は？マジで知らなかったのかよ!?」と逆に驚かれて、ブンブン

首を縦に振った。
　さっきのアカリちゃんの話といい、彼の話といい、私が男子にモテてるとかそんなの嘘だよ。
　だって、蓮はずっと私のこと『ブス』って……。
「まあ、そんだけファンの奴らがアンタを大事にしてるってことか。『うちの学校にものすごい美少女が入学してきた!!』って、先輩方も騒いでるっぽいし」
　び、美少女って……誰のこと？
　これって絶対私と誰かを間違えてるよね……。
「その調子だと自分が注目されてることも気付いてなさそうだな」
「は、はぁ……？」
　全くピンときてない私の様子を見て、呆れたように苦笑する美少年。
　いやでも、あなたの方がそこらの女の子よりよっぽどかわいい顔してるし、美少女だと思います──って男子に言うのは失礼だよね、おそらく。
　開きかけた口を閉ざして言葉を呑み込んでいると、ちょうど昼休みの終わりを告げるチャイムが鳴って。
「次の授業始まるから行くけど、アンタはどうする？」
「えっと……」
「オレ的にはもう少し様子見といた方がいいと思うけど」
「う、うん……」
　よほど心配してくれているのか、保健室で休んでいるよう説得されて、ついうなずいてしまった。

「じゃあ、今から職員室行って、オレから事情を伝えておくから。ゆっくりしてろよ」
「……い、いろいろ迷惑かけてごめんなさい」
「なんでアンタが謝るんだよ？　謝るのはボールぶつけたオレの方だろ？」
「つ、つい癖で……っ」
「プッ。謝るのが癖とか変な奴。そういえば、自己紹介し忘れたけど、オレは木村絢人。多分知らないと思うけど、アンタの隣のクラス。木村って同じ苗字の奴が何人かいて紛らわしいから下の名前で」
「あ、絢人……くん？」
「ん。そっちは牧野でいいよな？」
「うっ、うん」
「オッケ。じゃあな、牧野」

　キーン、コーン……。
　昼休み終了を告げるチャイムが鳴りだし、絢人くんがペコッと私に頭を下げて、急ぎ足で保健室から出ていく。
　……すごく元気な男の子だなぁ。
　絢人くんの即行動に移せるバイタリティーに感心しつつ、ふと気付く。
　そういえば、蓮とヒロくん以外の男子とこんなに長く話したのってはじめてかもしれない。
　はじめは緊張したけど、絢人くんの気さくな人柄が不安をやわらげてくれたからかな？
　彼の去り際には体の震えが止まって、ビクビクせずに目

を見て話せるようになっていた。
　それはどうしてなんだろうと原因追及して、頭に浮かんだ答えは――。
「……見た目が女の子みたいだから、とか？」
　ちょこんとベッドの端に座ったまま、顎に手を添えてポツリと呟く。
　本人に聞かれたら怒られそうだなと苦笑しつつ、ひとりずつでも男子に対する苦手意識が克服出来ていければいいなって思った。
　……それにしても。
　絢人くんに押しきられて、つい保健室に残ってしまったけど、どうしようかな。
　保健室の先生はまだ戻ってこないし、ボールが直撃した額も保冷剤で冷やしたおかげか痛みが引いてなんともなさそう。
　このまま授業を休むわけにもいかないし……と包帯をぐるぐる巻きされた額に手を触れて考えあぐねていたら。
　バタバタとこっちに向かって駆けてくる誰かの足音が聞こえてきて。
　――バンッ、と廊下中に響きそうな大きな音を立てて、保健室のドアが乱暴に開かれ、よく見覚えのある人物が飛び込んできた。
「れっ、蓮！？」
　ぜぇぜぇと肩で荒い呼吸を繰り返し、ものすごい剣幕で私の方まで歩み寄ってくる蓮。

額には玉のような汗が浮かび、首筋にも汗が伝っている。
　なんだか怒っているようにも見える表情にとっさに身構えていると、ベッドのそばまで来た蓮に肩をがっしり掴まれて、「怪我は!?」と叫ばれた。
「け、怪我って。そもそも、私がここにいることをなんで知って……」
「ちんちくりんの男に花穂が保健室までおぶられてくのを見たって奴らがいて、急いで様子見にきたんだよ。それより、頭に包帯巻くほど重症なんだろ？　救急車は？　親には連絡した？　まだなら今すぐタクシー呼んで俺が連れてくけど、保健室の先生はどこ行ったんだよ!?」
　矢継ぎ早にまくし立てる蓮に、私はしどろもどろ。
　私の身を案じてくれているのは伝わってきたけど、パシリ以下の存在を気にかける理由はどうして……？
　そんなふうに心配されると、いろいろ戸惑っちゃうよ。
「へ、平気だよ。バレーボールが額に当たったけど、とくに怪我してないし。この包帯はここまで私を運んでくれた絢人くんが心配して、大袈裟に手当てしただけだから」
「本当に？」
「う、うん……。本当に大したことないから」
　ね、と蓮を安心させるために笑いかけると、蓮が片手で顔を覆いながらズルズルと床にしゃがみ込んで驚いた。
　それも、もう片方の手はしっかり私の左手首を掴んだ状態で。
「……本気で焦った」

長い睫毛を伏せて、心から安堵の息を漏らす蓮。
　その姿にきゅっと胸の奥が甘く締めつけられて、なぜだか頬が火照りそうになる。
　……こんなに汗だくになるまで必死に駆けつけてくれたんだって思ったら、不謹慎にも嬉しく感じてしまう自分がいて驚いた。
　最近、ずっと一方的にシカトしてたのに……。
　なのに、蓮は私が怪我したかもしれないって慌てて保健室まで来てくれたんだね。
　いとしい気持ちが込み上げて、蓮に捕まれた手の上に自分の手のひらを重ねようとした、次の瞬間。
「で、"絢人"って誰？」
　──ピタリ。
　不機嫌なのが丸わかりの低い声で質問されて、手の動きが止まってしまった。
　むしろ、掴まれた方の手首にギリギリと力を加えられて痛いのですが。
「れ、蓮……？」
　なんか怒ってる──っていうよりも、完全に怒ってるよねその顔は。
　眉間に深く刻まれた皺や、鋭く吊り上がった目尻。
　何よりも、目に見えない暗黒オーラがズゴゴゴ……と背後に渦巻いていて怖いのですがっ。
　ヒーッと顔を青ざめさせておびえていると、「怪我させたの、そいつ？」と不機嫌MAXの声で聞かれて、固まっ

てしまった。
　正直に答えていいものなのかどうか考えあぐねていると、沈黙を肯定とみなしたのか、蓮がゆらりと立ち上がって。
「……ちょっと行ってくるわ」
　と、怒りの形相を浮かべたまま保健室を出ようとしたので、慌てて引き留めた。
「ちょ、ちょっと行ってくるってどこ行く気!?」
「決まってんじゃん。──その絢人って奴、ボコりにいく」
「め、目が血走ってるよ！　落ち着いてよ、蓮っ」
　このままだと確実に絢人くんに危害が加わると察知し、蓮の腰に腕を巻きつけて必死に阻止する。
　殺気立った蓮は私を振りきろうとしたものの、しがみつく手が震えていることに気付いたのか、はぁと深いため息をついて、脱力したようにドカリと丸椅子に腰かけた。
　よ、よし。説明するなら今がチャンスだ。
「……たまたま中庭にいたら、絢人くんの投げたバレーボールが当たって、ここまで運んでもらっただけだよ。むしろ絢人くんは、先生の代わりに手当てまでしてくれた優しい人なんだから、ボ、ボコりにいくなんて物騒なことしないで！」
「──チッ」
　えっ、なんで舌打ち!?
　しかも、気に食わなそうに私をにらみ付けてるし。
　何がそんなに気に入らないのかわからないけど、でも。

「……心配してくれたのは、ありがとう」
　それは本当の気持ちだから。
　心から感謝を込めて、柔らかく微笑んだ。
「それよりも、5時間目の授業始まってるよね？　急いで教室に戻らないと——」
「嫌だ」
　ギシッ、とベッドのスプリングが軋んで鈍い音を立てるのと同時に、蓮が私を抱き締めてきた。
　まるで壊れ物に触れるような手つきで頬を撫でられ、目を見開く。
　熱を帯びた眼差しに至近距離から見つめられて、息が止まるかと思った。
　鼻先同士が触れそうな距離にドキドキして心臓が落ち着かない。
「……っ」
　ゆっくり近付いてくる蓮の顔に反射的に固く目をつぶり、キスさせるのを防ぐために顔を俯けようとしたら、予想外にも私の肩口に蓮が額を預けてきて、ポカンと拍子抜けしてしまった。
「蓮……？」
　急に寄りかかってきて具合でも悪くなったのかなと心配していたら。
「——花穂が俺以外の奴に触られてんのがムカつく」
　蓮がボソッと呟いて、ふて腐れたように私の背中に回す腕に力を込めてきた。

……これはもしかしなくても、拗ねてる？
「だから、気分をおさめるために何かして」
「な、何かって……」
「いいから早く」
　そんな無茶ぶり、急に振られても困るよ！
　……でも。
　子どもみたいに私に抱きつく蓮を見ていたら、胸がキュンとうずいて。
　何をしていいのかわからなかったけど、そろそろと手を伸ばし、蓮の頭をそっと撫でた。
　子ども扱いするなって怒られるかと思ったけど、意外にも蓮は素直に受け入れてくれて、髪を撫でられて気持ち良さそうにしている。
　なんだかまるで気まぐれな猫みたい。
　いつも意地悪なのに、こんな時ばっかりかわいい一面を見せてくるなんてずるいよ。
　……この前のこと、まだちゃんと許したわけじゃないのに。
　少しだけ──ちょっとだけね？
　やりすぎたかもって反省したりして。
　このまま許すのは癪だし、悔しいけど、それ以上に、私を心配して駆けつけてくれたことが嬉しいから、仲直りしようと思った。
「蓮のこと……しばらくシカトして、ごめんね」
　小さな声で謝ったら、蓮は顔を上げて「ほんとだよ」と

嫌みを吐いてきて。
「花穂のぶんざいで俺をシカトするとか生意気すぎだから」
　それから、額同士をコツンと合わせてくると、意地悪な表情から一変して、くしゃっとした無邪気な笑顔ではにかんだ。
「っ！」
　瞬間、蓮の周りが急に輝きだして。
　キラキラとまぶしい光に目がくらんで、自分でもわけがわからないぐらい胸の鼓動が速くなっていた。

◆悪魔が嫉妬?

「上手に作れますように……」
　作業机の上に並べているのは、スイーツデコのモチーフに使う写真とそれを作るのに必要な材料。
「牧野さん、今日は何を作るの?」
「えっとね、一昨日(おととい)の部活で途中まで制作してたスイーツデコの続きだよ。樹脂粘土(じゅしねんど)を乾燥(かんそう)させるのに2日置いてたの。相原(あいはら)さんは?」
「私は入院してるおばあちゃんにあげるパッチワークのクッションを縫おうと思って。仕上げは家のミシンでやるけど、簡単なところまではここでやってくつもり」
　家庭科被服室の長方形のテーブルの向かい側の席に座っているのは、同じ1年生の相原さん。
　銀縁の眼鏡フレームと、顎の下で切りそろえたミディアムボブ。
　校則をきちんと守って、ピシッと制服を着こなしている彼女は、クールで物静かな女の子。
「それにしても、今日も先輩達来ないわね」
「そうだね……」
「元々幽霊部員みたいなものだし、いないのにもすっかり慣れたけどね。私達だけでもしっかり活動しましょう。ね、牧野さん?」
「う、うんっ」

コクコクうなずき、用意してきた材料に足りないものがないか確認しなおす。
　相原さんはパッチワークに使う生地をショップ袋から取り出し、黙々と作業しはじめていた。
　放課後の今は、１階にある被服室で手芸部の活動を行っている最中。
　——とは言っても、ここにいるのは私達ふたりだけで、先輩はおろか顧問の先生の姿すら見当たらない。
　うちの高校は必ず部活に入らないといけない決まりがあるんだけど、あまり部活動に乗り気じゃない生徒は目立った活動をしない文化部に所属して、ほとんどしないケースが多々ある。
　手芸部も半分以上が幽霊部員で、先輩方とは入部説明会の時に会ったきり。
　以降は、同じ１年生の相原さんとふたりで週に１、２回ほどひっそり活動している。
　元々相原さんとは違うクラスで、部活中も必要最低限の会話をする程度の仲なんだけど。
　それでも、同じ手芸好きの仲間と一緒に作業出来るのは嬉しくて、密かに部活の日が楽しみだったりするんだ。
　よし、やるぞ～っ！
　材料と道具の準備を終えて、いよいよ本番へ。
　シャツの袖をまくり、気合も十分に作業を開始。
　全部の作業が終わる頃には、すっかり日が暮れて最終下校時間に近付いていた。

「相変わらず、牧野さんは手先が器用ね」
　先に片付けを済ませていた相原さんが後ろから私の手元を覗き込んで、ストラップの出来を褒めてくれる。
「そ、そんなことないよ」
　あまり人に褒められ慣れていない私は、頬を熱くさせて照れてしまう。
　湯気が立ちのぼるぐらい赤面してるだろう私を見て相原さんは苦笑すると、ストラップを指しながら「誰かにあげるの？」と質問してきた。
「それ作ってる時、すごく幸せそうな顔してたから。好きな人への贈り物なのかなと思って」
「す、好きな人……!?」
「あら、違った？　でも、いつも以上に気持ちを込めて作ってるみたいだったから、よっぽど大切な人を想ってるんだなって、そう感じたわ」
「……っ!!」
　相原さんの鋭い指摘に耳がカーッと熱くなって、何も言えなくなってしまう。
"好きな人"を想ってなんてそんな……。
　テーブルに目を落とし、完成したばかりの自作ストラップを見て、小さく首を振ってしまう。
　受け取ってくれた人が喜んでくれたらいいなって思いながら作るのはいつもと同じ。
　でも、幸せそうな顔を浮かべるくらい、"あの人"を特別に感じていたとは思えないし。

むしろありえない。
　だって、これを渡す相手は——。
「あら、ちょうど今親から連絡がきて迎えにきてくれたみたい。校門前に車を止めてるみたいだから、先に帰らせてもらうわ」
　それじゃあ、と会釈(えしゃく)をして廊下に出ていく相原さん。
「お、お疲れさまっ」
　彼女にあいさつすると、私も帰り支度をして、職員室に被服室の鍵を返してから下駄箱に向かった。
「……すっかり暗くなっちゃった」
　廊下から見た窓の外は真っ暗で、ひとりで夜道を歩くことを想像すると憂鬱な気分になる。
　そういえば、相原さんはいつも塾の時間が近付くと早めに部活を切り上げて帰るのに、どうして今日は遅い時間まで残ってたんだろう？
　もしかして、私に付き合ってくれたのかな？
「——牧野？」
　後ろから誰かに名前を呼ばれて振り返ると、そこに学校指定のジャージを着た背の低い男の子が立っていた。
　部活帰りなのか、エナメル素材の大きなスポーツバッグを肩に提げて、ハーフパンツのポケットに両手を突っ込みながらじっとこっちを見ている。
　誰が見ても美少女——もとい、美少年の彼は、先日知り合ったばかりの絢人くんだった。
「お前も今部活帰り？」

「う、うん……。絢人くんも？」
　男子に話しかけられて緊張するものの、絢人くんの見た目が女の子っぽいからか、いつもより落ち着いて話せている気がする。
「オレは今、バレー部の練習が終わったところ。って、そういえば牧野って植野と仲いいんだっけ？」
「植野――ってアカリちゃんのことだよね？　うん。親友だけど……」
「女バレもさっき練習終わって片付けしてたから、そろそろ着替えてくると思うけど、植野のこと呼んでくるか？　外真っ暗だし、ひとりで帰るの怖いだろ？」
　私が何か言う前に、くるっと足の向きを変えて、体育館の方へ歩きだす絢人くん。
「えっ、あの……私、アカリちゃんと帰る約束してないから迷惑かけるだけだよ」
　――って聞いてないし。
　スタスタと先を行く絢人くんの後ろに小走りでついていき、渡り廊下の途中でなんとか追い付いた。

　実は、先日絢人くんにボールをぶつけられた一件で、アカリちゃんがブチ切れてしまい、私の止める声を無視して絢人くんのクラスに駆け込んでいってしまった事件があった。
　絢人くんの胸ぐらを掴み上げようとするアカリちゃんをなんとかなだめて事情説明したら納得してくれて。

そこで同じバレーボール部のアカリちゃんと絢人くんが知り合いだということが判明。
　アカリちゃんは、ボールをぶつけたお詫びに私の男嫌いを治す手助けをするよう言い渡した。
　理由は、絢人くんの見た目が女の子みたいだから――っていうのは、本人が傷付くから言ってないけど。
「絢人なら気さくな性格で話しやすいし、花穂のトラウマを克服するのにピッタリな人材だから」
「まあ、そういうことなら……」
　って、アカリちゃんが絢人くんを言いくるめて。
　それから時々、3人で話すようになったんだ。

「植野、出てくんの遅ぇなー」
「ま、まだ着替え終わってないのかも……」
　体育館の前まで移動してきた私達は、アカリちゃんが出てくるのをふたりで待っている最中。
　5分以上経っても人が出てくる気配がないので、扉を開けて中に入ると、体育館の中はシーンと静まり返っていた。
「おっかしいなぁ。植野の奴、どこ行ってんだよ?」
　絢人くんの一歩後ろについて歩き、きょろきょろと辺りを見回していると、片付け忘れたと思われるバレーボールが1個落ちていて、倉庫に戻すことに。
　でも、倉庫の扉に手をかける前に、絢人くんがピタリと足の動きを止めて、気まずそうに黙り込んでしまった。
　どうして入らないんだろう?と首を傾げつつ、私も扉の

隙間から倉庫の中を覗いてピシッと石化。

　なぜなら、跳び箱の前で見つめ合う男女の姿が見えたから。

　中は真っ暗でよく見えないけど、ふたり共ジャージ姿ってことは、運動部の生徒だよね……？

　覗き見は良くないと思いつつも、足が根を張ったように動かなくて、ダラダラと滝汗を流しながらカップルらしき男女の会話を立ち聞きしてしまう。

　多分今、隣で顔を真っ赤にしてうろたえている絢人くんと同じ表情をしてると思う。

「……植野。この前は、試合前に右足の処置してくれてありがとな。おかげでなんとか乗りきれたし、ほんとに助かったよ」

「藤沢先輩……。捻挫したところはもう大丈夫なんですか？」

「ああ、あのあとすぐ病院で検査してきたけど、とくに問題なかったよ。安静にしてたらすぐ治ったし、もう平気だから」

「よかった……。藤沢先輩の身に何かあったらって、ずっと心配してたから……」

「植野……」

「藤沢先輩……」

　暗闇の中で重なるふたりのシルエット。
　抱擁する男女を目の当たりにして、私と絢人くんは激しくうろたえてしまう。

こ、この声は——アカリちゃん、だよね？
　硬派な人柄で人望が高い藤沢先輩を中学の頃から密かに想い続けてきたアカリちゃん。
　その彼と今まさに目の前でいい感じに抱き合ってるということはつまりそういうことだよね？
　見ちゃいけないものを見てしまったような……。
　親友のラブシーンを目撃してしまった私は、心臓がドキドキして、両手で頬を押さえた。
「い、行くぞ牧野」
「う、うん」
　このまま覗き見しているわけにもいかないので、回れ右して、こっそり体育館から出ていく。
　下駄箱に戻る頃には、私も絢人くんも真っ赤な顔になって、微妙な空気が流れていた。
「……アカリちゃん、藤沢先輩といい雰囲気だったね」
「なんとなくそうなんかなって気はしてたけど、あれは完全にデキてたよな」
「な、なんか身近な人のラブシーンってドキドキするね。変に焦っちゃうというか」
「……まぁな」
「…………」
「…………」
　き……気まずい……。
　まるで親と一緒に映画のラブシーンを見た時みたいな心境だよ。

靴を履き替えながら、そんなことを考えていると。
「……牧野んちってどの辺？」
「え？」
「暗いし、家まで送ってってやるよ」
「えっ、でもそんな悪いよ。もう遅い時間だし……」
「遅い時間だからだろ。お前をひとりで帰らせたことが知れたら、あとから植野にシメられる」
　遠慮して断ったものの、絢人くんは「行くぞ」とスタスタ先に外に出てしまって、慌てて彼についていった。

「ん。後ろに乗れよ」
　体育館裏の駐輪場に着くと、自転車の荷台に乗るよう促され、困り顔で目を泳がせてしまう。
「あ、絢人くん、２人乗りは駄目だよ」
「あー……、まあそうだけど。こっちの方が速いし、あんま人のいる場所は走らないようにするから」
「でも、見つかったら大変なんじゃ……」
「大丈夫だって。しょっちゅうダチと２人乗りしてるけど問題になったことねーし。それより早く乗れって！」
　先に絢人くんが自転車のサドルに跨り、私に荷台に腰かけるよう指示してくる。
　少し心配だけど、言われるがまま、おそるおそる荷台に座ったものの。えっと……。
「あの……手はどこを掴めばいいの？」
「肩とか腰とか、適当な部分にしがみついとけば問題ない

から」
　て、適当な場所……。
　ごくりと唾を呑み込み、絢人くんの背中を見つめる。
　男子の体に触れるなんて大丈夫かな、私。
　それに、かなりの密着状態になるんじゃ……。
　どぎまぎしつつ、絢人くんの腰にそっと両手を回す。
　すると。
「！」
　絢人くんの体がビクンッと硬直して、火がついたように顔が熱くなった。
「絢人くん……？」
「……あ、いや、なんでもねぇ。や、なくはないけど」
「？」
「……当たってる」
　ボソッ。
　絢人くんが何か言ったような気がするけど、声が小さくて聞き取れず、きょとんと首を傾げる。
　雑念を払うように頭を振ると、絢人くんはペダルを漕ぎだし、私を荷台に乗せて自転車を走らせた。

「ふぃ〜……」
　マンションまで送り届けてもらった私は、自転車から降りた瞬間、膝の力が抜けてへなへなと地面にしゃがみ込んでしまった。
　はじめての２人乗りで緊張していたせいか、ぐったり脱

力してるみたい。
「大丈夫か、牧野？」
「う、うん。それよりもごめんね。夜遅いのに送ってもらっちゃって……」
「いいって。オレが好きでしたことだから気にすんなよ」
「でも……」
「『でも』とか『だけど』とか、そういう気遣いはいらねぇって。それに、植野が言うには、オレ達は一応"友達"なんだろ？」

　歩道の脇(わき)に自転車を止めて、私の前にしゃがみながら目線を合わせてニッと笑う絢人くん。
"友達"――。
　男嫌いな私にとって、その言葉はとても新鮮(しんせん)な響きで。
　今までずっと、蓮とヒロくん以外の男子と話せなかった分、不思議な気もした。
　だけど、それ以上に心の中が温かくなっていって……。
「ありがとう、絢人くん」
　嬉しさのあまり、ふにゃっとした笑みを浮かべて微笑み返していた。
「――ッ」
「絢人くん？」
　目を大きく見開き、真っ赤な顔でうろたえだす絢人くん。
　急にどうしたのかなと小首を傾げていると。
「……っ、今のは反則だろ」
　絢人くんは悔しそうな表情を浮かべて私から目を逸らす

♡ 3rd　悪魔の態度　》》 193

と、口元を手で覆いながら「マジかよ……」と呟き、じっとこっちを見てきた。
　真剣みを帯びた熱っぽい眼差しにとらえられて私まで動けなくなる。
「牧野、オレ……」
　こっちまで伝わってきそうなぐらい緊張した様子の絢人くんが何か言いかけた、その時。
「帰りが遅いと思って迎えにいこうと思ったら、何これ。どういう状況？」
　マンションの入り口から聞き慣れた声が響いて。
"その人"の声に条件反射でビクッと肩が跳ね上がった私は、おそるおそる背後に近付いてくる人物の気配を感じて震え上がった。
　どこか怒りを含んだ声のトーン。
　不機嫌なのは明らかで振り返るのは怖いけど……。
　ビクビクしながら後ろを向いて、顔から血の気が引いていく。
　カツ……、と靴音を響かせてこっちに向かってくるのは——やっぱり、蓮だった。
「下に降りてくる時、たまたま見えたけど——２人乗りはまずいでしょ」
「れ、蓮!?」
　私達の後ろに立ち止まるなり、低い声で話す蓮にぎょっとする。
　地鳴りの幻聴がしそうなぐらい暗黒オーラを漂わせて、

鋭く目を吊り上げている蓮。
　眉間に皺が寄ってるし、こめかみのあたりに青筋が浮いていて、見るからに機嫌が悪そう。
　怒りモードの蓮におびえまくる私とは対照的に、絢人くんは「あれ？　なんで転校生がここにいるんだ？」なんてのんきな疑問を口にしている。
「あ、の、それは……同じマンションに住んでて、蓮とは一応幼なじみで」
「俺の話はどうだっていいよ」
　しどろもどろに説明してたら、後ろから蓮が私の腕を引いて立ち上がらせた。
「花穂を送り届けてくれてどうも」
　私の腰に腕を回しながら、絢人くんに冷たい一瞥(いちべつ)を浴びせる蓮。
　敵意むき出しの態度に、感情が全くこもってない棒読みに、さすがの絢人くんもムッとして顔を顰めている。
「……どういたしまして」
　そう言って、ぶっきらぼうに呟くと、機嫌を損ねたようにそっぽを向いてしまった。
　あ、あの──気のせいじゃなければ、ふたりの間で激しく火花が飛びちっているような……？
　いきなりの険悪ムードにどう対処したらいいのか困っていると、蓮がきびすを返し、マンションの入り口に向かって歩きだした。
　蓮に腕を掴まれている私も強制的に足を動かされ、半ば

引きずられるような状態でついていく形に。
「あ、絢人くんっ……気を付けて帰ってね!」
　このまま別れるのは失礼すぎるので、大きく手を振ってあいさつすると、絢人くんも「じゃあな」って苦笑しながら片手を上げてくれて、少しだけほっとした。

「れ、蓮!　絢人くんにあんな態度をとるなんて失礼だよっ。わざわざ家まで送り届けてくれたのに、気分悪くさせちゃったよ……」
「…………」
「蓮……?」
　エレベーターに乗り込んですぐ抗議するも、蓮は壁に寄りかかったままだんまりを決め込み、不快そうに顔を顰めている。
　……な、なんでこんなに怒ってるの?
　さっきからずっとイライラしてるし、怒る原因がわからず困惑してしまう。
　重たい沈黙が流れる中、エレベーターが7階に着いて降りようとしたら、蓮に手首を掴まれて引き留められた。
「……絢人って、この前花穂に怪我させた奴だろ?　なのになんでそいつと急に親しくなってんの?」
「な、なんでって……」
「チャリに2人乗りとか、男が苦手なくせによく密着出来たね」
「密着って……そんな言い方しないでよ。さっきから変だ

よ、れ——」
　——ダンッ!!
　蓮の名前を口にするよりも早く、エレベーターの壁に蓮が両手を突いて、狭い空間に振動音が響き渡る。
　壁と蓮の間に挟まれた私は、ビクリと肩を震わせ、反射的に目を閉じた。
「……馬鹿にもほどがあるでしょ」
　怒りをあらわにした態度。
　苛立ちを滲ませた低い声音で、鼻であざ笑ってくる蓮。その剣幕にたじろぎ、言葉を失ってしまう。
「自分が誰のものかちゃんとわかってんの？」
「れ、ん……？」
「ほかの男にあんな無防備な笑顔見せて、それも最近知り合った奴とか……マジでムカつく」
「蓮、何言って……」
　おびえるあまり目に涙を滲ませながら顔を上げたら、冷たい目で私を見下ろす蓮と視線がぶつかって。
　次の瞬間、蓮に両手首を掴まれ、強い力で壁に押し付けられた。
「やっ」
　——ガタンッ、と鈍い音を立てて、わずかに揺れるエレベーター。
　いつの間にか一度開いたドアは閉まっていて、再び密室に閉じ込められた状況に。
「……っ俺がどんな思いで花穂に男を近付けなかったのか、

わかってないだろ？」
　苛立った表情とは裏腹に、私を見つめる蓮の目はどこか寂しげで。
　すっかりおびえきった私に自嘲気味な笑みを向けると、背を屈めて、顔を近付けてきた。
「やめ……っ、ん」
　拒絶の言葉を封じるように蓮に唇を塞がれ、頭の中が真っ白に染まっていく。
　身じろぎしようにも蓮の右手に両手を拘束され、股の間に長い足を割り込まれた体勢では逃げることも叶わず、くぐもった声を上げるだけ。
「……ふっ、んん……っ」
　深い口づけに目尻に涙が滲んでぽろぽろと頬を伝い落ちていく。
　乱暴な行為に戸惑う気持ちを隠せなくて、息と息の合間にかすれ声でやめてと訴えたけど、蓮は何度も角度を変えて口づけを落とし、私の言葉を塞いでくる。
　紅潮した頬に零れ落ちる熱い水滴。
　体の自由を奪われた恐怖。
　動揺や混乱に混じる、ほんの少しの違和感。
　……私、キスされてること自体に嫌悪してない？
　にわかには信じられない感情に、まさかとその考えを否定する。
　でも、どんどん頭の中がぽーっとしてきて。
　息が荒くなっていくにつれて次第に抵抗する気力も薄

れ、自然と身を委ねている自分がいた。
　むしろ、蓮のキスが気持ち良く——、ううん。そんなのやっぱりありえないよ！
「……っ、離してっ」
　——ドンッ!!
　蓮の気が緩んだ一瞬の隙を突いて、ありったけの力を込めて体を突きとばす。
　エレベーターの隅に逃げると、キッと蓮をにらみ付けて、泣きながら叫んだ。
「れ……蓮の馬鹿！　どうしていっつもひどいことばっかりするの!?　絢人くんは私の男嫌いを克服するために"友達"になってくれたいい人なのに……あんな失礼な態度をとるなんて最低だよっ」
「…………」
　私の話を聞く気がないのか、片手で首の後ろを押さえ、ウザったそうに息を吐き出す蓮。
　俯き加減の姿勢と長い前髪で表情が隠れて考えが読み取れないけど、相当苛立っているのだけはわかった。
「蓮は私のことが嫌いだから……だから、私に仲いい人が出来るのが面白くないんでしょ？　そうに決まって——」
「うるさい」
　——ガン……ッ!!
　私の言葉を遮るように蓮がエレベーターの壁を蹴り上げ、くるりと背を向ける。
　そのまま「開」ボタンを押すと、扉が開くなり廊下に出

ていってしまい、慌ててあとを追いかけた。
「待ってよ、蓮っ」
「触んな」
　蓮の腕に伸ばしかけた手をパシンッと跳ねのけられて唖然とする。
　なぜなら、私を見下ろす蓮の表情が……すごく悲しそうだったから。
「もういい」
　ふいと私から目を逸らし、その場に呆然と立ち尽くす私を置き去りにして自宅に入ってしまう。
「……ッ」
　ひとり廊下に残された私は、今の蓮の表情や突き放すような冷たい言葉にショックを受けてしまい、しばらくの間、そこから動けずにいた。

◆悪魔が反省？

　どうしてあんなことになっちゃったんだろう……。
　学校帰りに絢人くんに家まで送り届けてもらった日から、蓮は完全に私の存在を無視するようになってしまった。
　マンションでも学校でも明らかに目が合ってるにもかかわらず目の前を素通りされて、視界に入ってないと言わんばかりの態度。
　登下校の時間も意図的にずらしてるみたいだし、家にも一切やってこない。
　ここまで無視される原因がわからなくて困惑してるけど。
　ひどいことしてきたのは蓮の方だし。
　むしろ、嫌がらせしてくる人が自分から興味をなくしてくれて清々したというか。
　……清々してるはずなのに、なんでこんなに寂しい気持ちになるんだろう？
　まるで心にぽっかり穴が開いてるみたい。
　蓮が私を避けるからこっちも避けてるんだけど、その度に胸の奥がモヤモヤして悲しい気分になる。
　そうこうしているうちに、気が付けばもう3日以上、蓮と口をきいてない状態。
　その間、蓮の窓口としての役目を避けるため、休み時間の度にファンの女の子達から逃げ回っていた。

＊　＊　＊

「この前は花穂が松岡くんを無視してたと思ったら、今度は松岡くんが花穂を無視してるの？」
「ごほっ」
　放課後。帰りのSHRが終わって帰り支度をしていたら、私の席にやってきたアカリちゃんが鋭い指摘をしてきて、思わず咳き込んでしまった。
　ちょうど廊下に出ていく蓮と、気まずそうに沈黙する私を見比べて「少し前から気になってたんだけどさ……」とイタイところをついてくるアカリちゃん。
「あれだけ執拗に花穂を構ってた人が、まるきりシカトっていうのは、何か訳ありなのかなって。あたしでよければ相談乗るけど？」
「アカリちゃん……」
　私が悩んでいるのに気付いて、そっと手を差し伸べてくれるアカリちゃん。
　そんな親友の気遣いに心がジン……と温かくなって。
　目を潤ませてうなずく私に、アカリちゃんは優しく頭を撫でてくれた。

「今の時間帯なら人もいないし、ここなら人目を気にせず話して大丈夫だよ」
　アカリちゃんが連れてきてくれたのは、体育館の２階席――通称「ギャラリー」と呼ばれる場所で、試合の時に立

ち見で応援する人達が利用する細い通路だった。
　今日は職員会議の関係で全部の部活動が休みになったので、元々使用予定日だったバレー部が体育館を使わないならギャラリーで喋ろうと思いついたそうだ。
「ほ、本当にここでお喋りしていいの？」
「大丈夫、大丈夫。普段、ミーハーな女子が運動部の男子目当てにここに詰めかけてくっちゃべってるし、わりと部活が始まる前の時間に部員と喋り場にしてる場所だから」
　壁に背中を寄りかからせるようにして、床にあぐらをかいて座るアカリちゃん。
　スカートの下にハーフパンツをはいているとはいえ恥じらうそぶりもなくドカリと腰かけるさまは、やはり男っぽい。
　私もアカリちゃんの隣にちょこんと横座りすると、どこから話そうか考えて、ふとあることを思い出した。
　そういえば、この前絢人くんとアカリちゃんを捜しに体育館に来た時……。
「わ、私の話をする前に、気になってたこと聞いてもいい？」
「気になってたこと？」
「あのね……この間、アカリちゃんと藤沢先輩がふたりで体育館倉庫にいたのを、絢人くんと偶然目撃しちゃったんだけど――」
　ぽっと頬を染めて、たまたまふたりが抱き合う場面を見てしまったことを打ち明けると、見る見るうちにアカリちゃんの顔が真っ赤になって。

「ちょっ、タンマ!! 見てたのアレ!?」
「う、うん……。手芸部の帰りが遅くなって、絢人くんと下駄箱でバッタリ鉢合わせたんだけど、外が暗くなってたからアカリちゃんと帰れば？って言ってくれて。それで、体育館まで捜しにいったら……見ちゃった」
「ぎゃーっ!! マジで!? いや、ほんとに恥ずかしすぎるんだけど……っ」
「ご、ごめんね……。見るつもりはなかったんだけど、結果的に覗き見みたいなことしちゃって」

今にも噴火しそうなぐらい顔中真っ赤にさせて、ワーワー取りみだしているアカリちゃん。

よほど恥ずかしかったのか、その場に倒れ込んで床をバシバシ叩いたり、体を抱き締めるように腕をクロスさせて悶絶したりと相当の慌てぶり。

アカリちゃんが落ち着くのを待ってから藤沢先輩とどうなっているのか詳しく聞いてみると、ふたりの距離はかなり縮まっていて、いい感じのところまで進展していた。
「……まだ正式に付き合ってるわけじゃないけど。中学の時から部活の後輩としてかわいがってもらってたし、ほかの子よりも親しく接してくれてるよなぁとは思ってたのね？ 自惚れかもしれないけど、結構特別扱いっていうか」
「うんうん。アカリちゃん、昔から藤沢先輩のこと好きだったもんね」
「まあ、なんかその……藤沢先輩を追いかけてこの高校にきたことをね、4月頃に冗談っぽくだけど本人に伝えてて。

で、そっから向こうの態度も異性として意識してくれてるふうというか、今までとちょっと変わってきてて」
「アカリちゃんの気持ちに気付きはじめたってことだよ、それは！」
「——で、この前。花穂に目撃された日ね？　あたしが倉庫の備品を片付けてたら、先輩も一緒に手伝ってくれて。その時、なんか『最近、植野のこと気になってるんだよね』的なこと言われて、それで」
「そ、それでそれでっ!?」
「…………抱き締められた」

　どんどんゆでダコみたく顔が赤くなるアカリちゃん。

　親友の恋愛トークに興奮しっぱなしの私まで、ジタバタと身もだえしてしまう。
「それ絶対に両想いだよ！　藤沢先輩もアカリちゃんのこと好きだと思う!!」

　私が力強く断言すると、なぜか、アカリちゃんの表情が曇りがちになってしまって。

　最後まで話を聞いてみたら、私と絢人くんが体育館を去ったあのあと、ふと我に返ったアカリちゃんは、藤沢先輩に抱き締められている状態が急に恥ずかしくなってしまったようで。
「……全力で先輩のこと突きとばして逃げ出しちゃったんだよね」
「…………」

　いきなり抱き締められて、混乱して、相手を突きとばし

て逃げ出した——って人の話なのに、自分にもすごく身に覚えがありすぎて顔が引きつってしまう。
　……き、気持ちがわかりすぎてつらい。
　でも、私と蓮はアカリちゃん達みたくピュアな恋愛をしてるわけじゃないし、そもそも向こうが一方的にしてくるだけで、こっちは迷惑というか……。
　って、今は自分のことよりもアカリちゃんの話に集中集中！
「あの日以来、あたしが変に意識しすぎてギクシャクした態度をとっちゃってさ。藤沢先輩は気を使わせないよう、今までどおり普通に接してくれてるんだけど……」
　はぁ、と深い息を零しながら、不安そうな表情を浮かべるアカリちゃん。
　真剣に好きだからこそ恋に悩んでいる。
　そんないじらしい姿に胸がキュンキュンして、素直にかわいいなって思った。
　でも、どうやら当の本人は自分の魅力に気付いていないみたいで……。
「あたしの見た目って、こんなんだし……。身長高くて、ガタイが良くて。声もハスキーだし、人気者の藤沢先輩に釣り合うレベルの女じゃないっていうか……」
「そんなことない！　アカリちゃんは見た目も中身も十分女の子らしいし、すっごく、すっごく、かわいいよ!!」
「でも……」
　まだ自信なさげに言い淀むアカリちゃんをどうにか勇気

づけたくて、ブレザーの胸ポケットに差していたヘアピンを１本抜き、彼女の前髪を斜め分けしてとめてみた。
「ほら。すごく似合ってる」
「花穂……」
「アカリちゃんは自分の外見にコンプレックスを抱えてるみたいだけど、藤沢先輩はそのままのアカリちゃんを好きになってくれてるんだから、もっと自分はかわいいんだって自信を持ってほしいな。……じ、自慢の親友だし」

　えへへ、とはにかんで正直な思いを伝えたら、アカリちゃんは感極まったように涙ぐんで。
「ああもうっ、アンタって子は……大好き!!」

　がばっと勢い良く私に抱きつき、バレー部で鍛え上げた腕力で全力ホールドしてきた。
「く、苦しいよアカリちゃん……っ」
「あっ、つい嬉しくて力入れすぎたわ」

　パッと私の体を離して、「ごめんごめん」と苦笑するアカリちゃん。

　彼女につられるように私も噴き出し、ふたりでクスクス笑い合う。

　ふふ、なんだかおかしいや。
「ごめんね。花穂の話を聞きにきたのに自分の話ばっかりして」
「ううん。私の話は全然大したことないから気にしないで。そんなことより、アカリちゃんと藤沢先輩の仲がうまくいきよう応援してるからね！」

ムンッと両手でガッツポーズを作って、アカリちゃんを励ましていたら。
　——ダンッ!!
　体育館中に、誰かがジャンプした時のような着地音が響いて。
　２階席からコートを見下ろすと、体育館の中央でひとりの男子生徒がスパイクを打つ練習をしている。
　シャツの袖を肘までまくり上げ、制服姿で宙を飛んでいるのは——絢人くんだった。
　練習着じゃないところを見るに軽く腕慣らしにきただけのようだけど、体を動かしているうちに本気スイッチが入ったのか、本格的な自主練になってるみたい。
　前傾姿勢からの力強い３歩助走。
　右、左、右、と踏み込み、小柄な体からは想像も出来ない跳躍力でバックスイングを取り入れながら高くジャンプ。
　左手をしっかりと上げて、それからボールを打つ瞬間に右手を思いきり振り落とす。
　実際にはバレーボールを使わずに練習しているものの、絢人くんの真剣な表情と迫力に圧倒されて息を呑んでしまった。
　何度も何度も同じことを繰り返し、フォームのイメージを固めていく絢人くん。
「すごい……」
　思わず本音が零れてしまった私に、

「絢人はかなりの努力家だから。実力はあるのに背が低いせいで実戦だと起用してもらえないんだけど……」
「そんな……。背が低いと試合に出してもらえないの?」
「うちではちょっと厳しいかな。一応、バレーの強豪校だし。身長高くて上手な人が多いから、同じ条件で見るとやっぱりそっちの方が有利になるよね」
「…………」
「でも、アイツ偉いよ。藤沢先輩も褒めてた。普通ならふて腐れてもおかしくないのに、絢人は何ひとつ弱音を吐かずに陰で人の倍以上練習してるって」

　クソ生意気なチビだけど根はいい奴だからね、と苦笑するアカリちゃんはとっても優しい顔をしていて、仲間思いないい子だなってほっこりした。
「おーい、絢人ぉ!　今日体育館使用中止だよー?」
　2階席からコートに向かって叫ぶと、アカリちゃんの声に反応した絢人くんがこっちを見上げてびっくりした顔になる。
「げっ!　なんでお前らがここにいるんだよっ」
　人に練習風景を見られていたことが恥ずかしかったのか、真っ赤な顔でうろたえだす絢人くん。
「先に来たのはこっちだし。ていうかアンタ、練習しすぎて手首痛めたばっかでしょ?　先輩達からも安静にするよう言われてるんだから、完璧に治るまで大人しくしてなさいよ」
「うっ、うっせぇ!　体動かさねぇと動きが鈍るんだよっ」

「スタメンに入れなくて悔しい気持ちはわかるけどさ。あんまり焦るなって。うちらまだ１年なんだし、これから十分チャンスあるって」
「……っ」
　図星を突かれたのか、絢人くんは歯がゆそうに表情を歪めて、奥歯を噛み締めている。
　さっき、アカリちゃんから絢人くんの話を聞いたからか、悔しそうにしている姿を見て、私まで胸が苦しくなった。
「あ、絢人くん。私も絢人くんが活躍出来るよう応援してるから……無茶はしないでね？」
「牧野……」
　２階席を見上げた絢人くんが真っ直ぐ私を見つめて、照れくさそうに苦笑する。
　さっきまでの切羽詰まった様子からほんの少し肩の力が抜けたような、ほっとした表情。
　絢人くんの瞳に光が宿るのを見て、きっと彼なら大丈夫だと思えた。
　たとえ怪我をしても、隠れて練習するぐらいバレーが大好きなんだもん。
　その努力が実を結ぶといいなって、友達として心から応援したくなったんだ。
　それから１階に下りると、アカリちゃんはスタスタと絢人くんの元へ行き、彼を励ますようにポンと肩を叩いた。
「怪我が完治してないのに自主練してたことはみんなに黙っておいてあげるから、その代わりにちゃんと治すんだ

よ」
「……おう」
「よし。偉いぞ、絢人」
「タメなのに姉貴面すんな。つーか、お前らこそなんであんなとこにいたんだよ？」
　ジロリと訝しそうな目を向けられて、アカリちゃんと顔を見合わせる。
　恋愛相談で盛り上がっていたとは言いにくいので、適当に話をごまかしていると。
「あ、藤沢先輩から連絡だっ」
　アカリちゃんがスカートのポケットからスマホを取り出すと、先輩からのメッセージを読むなり、面目ないといった感じで顔の前で両手を合わせて謝ってきた。
「ごめん花穂！　藤沢先輩から、下駄箱で待ってるから一緒に帰ろうって」
「本当!?　早く急がなくちゃ！」
「でも、花穂の相談に乗れてないし……」
「私の話は今度でいいから、先輩のところに行ってあげて。ね？」
「ありがと。近いうちに何かおごるから！」
　慌てて走りだすアカリちゃんの背中を見送りながら、心の中で「頑張れ！」とエールを送っていると。
「ふーん。藤沢先輩とうまくいってんだな」
　私達のやりとりを見ていた絢人くんが「やっぱり」と言いたげな様子でうなずき、それからふと何か思い出したよ

うに床にしゃがみ込んで、足元のスポーツバッグの中に手を入れて何かを捜しはじめた。
「絢人くん、何してるの？」
「いや、ちょうど牧野に渡そうと思ってたものがあるの思い出して……」
「私に？」
　自分の顔を指差してきょとんとしていると、目的の物が見つかったのか、絢人くんが白い封筒を取り出して渡してきた。
「――ん。だいぶ前に怪我させたお詫びにやるよ」
「えっ、そんな……もう気にしないで」
　絢人くんの投げたバレーボールが私の額にぶつかった日のことを言ってるんだよね？
　まさか、あんなに前の出来事を今でもまだ気にしているなんて……。
　私がちゃんと大丈夫って伝えきれなかったせいだと思い、「気持ちはありがたいけど受け取れないよ……」と断ろうとしたら、「いいから」と強引に封筒を押し付けられて、戸惑ってしまった。
「それ、元々親父の知り合いがくれたものだし。う、植野が牧野と"友達"になれっていうから、みんなで遊びにいったら、今より自然に男慣れすんじゃねーかなって」
「みんなで遊びに……？」
　封筒を開けてみると、中に入っていたのは昨年オープンしたばかりの屋内プール施設の招待券だった。それも４枚

も入っている。
　確かここは、年中プールで遊べることで人気のレジャースポットだったはず。
「ま、牧野がいいなら、植野や藤沢先輩も誘う予定だけど」
「！」
「け、決して牧野の水着姿が見たいからとか個人的な理由じゃなくて——」
「そっか！　あと少しでふたりが付き合えそうだから、私達で後押ししてあげようってことだよね!?」
「——は？」
「うん、そうだよね。絢人くんも同じバレー部でふたりの仲を見守ってきたんだもん。このチケットは私からアカリちゃんに渡しておくね」
「いや、ちょ」
「絢人くんは藤沢先輩に渡して。それと、土日でバレー部がお休みの日も教えてもらっていい？　早めに予定を立ててふたりを誘おう！」
「……お、おう」
　心なしか絢人くんの口元が引きつっている気がするけど、自らキューピッド役を申し出たことに照れてるだけだよね？
　ふたりをくっつけるためにそんな計画を立てていたなんて……。
　絢人くんて、なんて友達思いないい人なんだろう。
　男子と出かけるのは、若干抵抗あるけど。

絢人くんと藤沢先輩ならきっと大丈夫。
　みんないい人達だし、楽しい１日になるといいな……。
「そうと決まったらさっそくプランを練っておくね。アカリちゃんはああ見えて、案外奥手なところがあるから、私と絢人くんで協力してあげようね」
　なんといっても、大切なアカリちゃんのためだもん。
　藤沢先輩と付き合えるよう、頑張って応援しよう！
　ムンッと気合入れしてガッツポーズをとる私のそばで、絢人くんが残念そうに嘆息していたことに全く気付いていなかった。

　絢人くんが提案してくれた(?)『恋のキューピッド計画』にすっかり浮かれていた私は、頭の中からすっかり蓮の存在を忘れていて。
　その日はルンルン気分で家に帰り、４人でプールに行った時のことを想像して、どのタイミングでアカリちゃんと藤沢先輩をふたりきりにしてあげるか考えていた。
　ふたりがうまくいきますように……と願っているうちに、いつの間にかベッドで眠りについていて。
　翌朝、早くアカリちゃんにチケットを渡したいなぁ、なんて気分良く登校したら。
「あっ」
「あ？」
　──運悪く、蓮と下駄箱の前でバッタリ遭遇してしまい、サーッと顔が青ざめた。

『牧野』と『松岡』で出席番号が近いので、下駄箱も前後に並んでいて。

　私が上履きを取り出そうと蓋に手をかけたら、蓮がスッと後ろから自分の下駄箱に手を伸ばして、人の気配を感じて振り返ると同時に変な声を出してしまった。

　ど、どうしよう。

　蓮と気まずい状態なの、今の今まですっかり忘れてたよ。

　目が合ってるのに無視するのも不自然だし、あいさつぐらいしておいた方がいいよね……？

「……お、おはよう」

「…………」

　蚊の鳴くような声であいさつしたものの、蓮はなんの感情も読み取れない冷たい視線を私に向けるだけ。

　そのまま私を一瞥すると、ふいと目を逸らし、無言で靴を履き替えて階段の方に歩いていってしまった。

　あいさつまで無視されると思っていなかった私は、ショックのあまり呆然と立ち尽くしてしまう。

　なんで……？

　あれだけ蓮と関わりたくないと思ってたんだから、今の状況は手放しで喜べるはず。

　……なのに、ちっとも嬉しくない。

　それどころか、ありえないことに──"寂しい"って感じてる。

　その証拠に、最近の私は自分でも困惑してるのがわかるくらいどこかおかしくて。

♡ 3rd　悪魔の態度 ≫ 215

　蓮について今まで気にならなかったことがたくさん気になりだしてる。

「きゃーっ、松岡くんおはよう！」
「蓮くん、今日こそ帰りに遊んでよ。カラオケのタダチケあるんだけど、ふたりで行かない？」
「は!?　何抜けがけしようとしてんの？　こっちのが先に誘ってるし」
　とぼとぼした足取りで教室に向かうと、蓮の周りには相変わらずたくさんの女子が群がっていて、朝からうんざりしてしまった。
　毎日のことながら、いつ見てもすごい光景だな……。
　あの近くに寄るのは嫌だけど、蓮と隣の席だから避けようもないし。
　なるべく目立たないよう息を潜めるようにして自分の席に着き、ほっとひと息つく。
　ひどい時は勝手に座席を占領されたりするので、無事に座れただけでもひと安心。
　……それにしても。
　さっきの冷めた態度とは別人のように人当たりのいい笑みを浮かべて大勢の女子達からの質問に受け答えしている蓮。
　……あ、またが。
　蓮がほかの子に優しくしてる姿を見るだけで、胸の奥が苦しくなって泣きたくなる。

私のあいさつは無視するくせに、なんでほかの子には笑顔であいさつするの？
　──私、本当に嫌われちゃったのかな……？
　ううん。
　嫌われて、むしろ本望じゃない。
　これで蓮にいじめられる日々から解放されるんだから。
　今までずっと解放してほしいって願ってたんだから、これは願ってもない状況なわけで。
　それなのに、どうしてこんなに悲しくなるの……？
「そういえば蓮くんっ、今日発売の雑誌見たよ!!　なんで掲載されること隠してたの!?」
「えっ!!　雑誌って何それ!?」
「蓮くん、ついにモデルの仕事始めたの？」
　ひとりの女子生徒が鞄からティーン向けのファッション誌を取り出し、該当ページを広げて蓮に詰め寄る。
『街で見かけたイケメン特集』と銘打たれそのページには、制服姿の蓮の全身とアップの写真が見開きで1ページずつ掲載されていて、雑誌を見た人達が一斉に騒ぎはじめた。
「きゃあああっ!!」
「やばっ!!　『ストロベリー・ティーンズ』の街角スナップで2ページ丸ごと掲載されてる人はじめて見た!!」
「ほんとだっ。うちも毎号読んでるけど、普通は小さいワンカットじゃなかった!?　蓮くんだけ別格の扱いじゃん」
　──な、何それ!?
　それってかなりすごいことなんじゃ……。

「ああ、それ？　この前、駅前で撮られたやつ、そんなに大きく掲載されてたんだ？」
　蓮自身もここまで大きく載るとは思っていなかったのか、雑誌を見て驚いた顔してる。
　すぐ爽やかな笑顔に切り替えるところはさすがというかなんというか。
　人気ファッション誌に載ったことを機に本格的なモデルデビューをするのではないかと色めき立つ周囲に対して、蓮はあいまいに言葉を濁しながら「さあ、どうだろうね？」と苦笑していた。
「ねえっ、このクラスに松岡蓮くんっている!?」
「雑誌に載ってたうちの学校の１年って誰〜？」
　雑誌の影響力はすさまじく、ほかのクラスのみならず上級生まで蓮をひと目見ようと教室に押しかけてきて、てんやわんや。
　周りが大盛り上がりする中、雑誌に載っている蓮の写真を見た私は、純粋に尊敬するような、遠いところへ行ってしまったような、複雑な心境に陥っていた。

「ほ、本当に載ってる……」
　その日の帰り道。
　今朝、女子達が騒いでいたファッション雑誌を駅前の本屋さんで発見してページをめくると、確かに蓮の写真が掲載されていた。
　べ、べつに興味があるわけじゃないけど。

一応、幼なじみだし……。
　決して自分が気になるからじゃなくて——そ、そう！
　うちの親や、ヒロくんママに報告したら喜ぶかなって。
　雑誌を手に取ったのも、たまたま今日発売の『ストロベリー・ティーンズ』が平台にたくさん積んであったからだし。
　目立つ場所にあったからっていう単純な理由。
　だから、雑誌を購入(こうにゅう)するのはあくまで家族に教えるためで……、なんて誰に聞かれたわけでもないのに言い訳をしつつ、コソコソとレジに向かって。
「ありがとうございましたー」
　会計を済ますなり、雑誌の入った袋を胸に抱えて、急ぎ足で本屋をあとにした。

　ほ、ほんとに買っちゃった。
　なんとなく走って帰ってきちゃったけど……。
　鞄の中から雑誌を取り出して表紙をチラ見していると。
「……邪魔」
　背後から聞き慣れた声がして、ビクッと肩が跳ね上がった。
　こ、この声は……っ。
　おそるおそる振り返ると、私の後ろに不愛想な顔した蓮が立っていて。
「なっ、なっ……っ」
　なんで蓮がいるの!?

……って同じマンションなんだから、バッタリ鉢合わせてもおかしくないけど。
　今ふたりになるのはいろいろと心の準備が必要というか……非常に気まずいのですが。
「エレベーター、もう1階に着いてるけど乗るの？　乗らないの？」
「の……乗る」
「あっそ」
「………」
　ここで乗らないのも不自然なので一緒に乗ったものの、蓮は7階のボタンを押すなりすぐまた黙り込んでしまって。
　エレベーターの中はシーンと静まり返り、気まずい空気に包まれている。
　……ま、まだ怒ってるのかな？
　蓮の様子をチラチラ横目で窺いながら、なんとか会話の糸口を見つけ出そうと必死に考えて。
　ふと、手に持っていた雑誌の存在を思い出して、これだ！とひらめいた。
「ざ、雑誌に載るなんてすごいね。クラスの子達が話してたのを聞いて、私も気になったから買っちゃった」
　会話が弾むよう、なるべく明るい声で話しかけたものの、「だから？」のひと言で冷たく遮られてしまう。
　私が話しかけたのがいけなかったのか、眉根を寄せて、あからさまに不快な表情。目すら合わせてくれない。

今の話題が悪かったというより、私と関わるのが嫌そうな態度にズキンと胸が痛んで。
　蓮から拒絶の意志を感じて、それ以上何も言えなくなった。
　ここ最近、ずっと口をきいてなかったし、急に話しかけて悪かったのかもしれないけど。
　でも、教室でほかの子達が話題にしてた時は笑顔で話してたのに……。
　蓮に冷たくされたことで胸が苦しくなって、目頭に熱いものが込み上げてくる。
　喉が締めつけられたように息苦しくて、みるみるうちに視界が滲む。
　──ポン、と目的の階に着いたことを知らせる音がエレベーターの中に響いて、目の前で扉が開き、蓮が先に出ていく。
　続いて私も廊下に出ようとしたのに……おかしいな。
　足が一歩も動かない。
「……ぅ、……っ」
　カタカタと小刻みに震える肩。
　強く噛み締めた唇。
　泣いていることがバレないよう、必死で押しころした声。
　なんでかな。
　なんでなのかな。
　こうなることを望んでいたのに。
　蓮なんか大嫌いなのに。

なんで、蓮に無視されるとこんなに苦しいのかな……？
このまま降りたら、泣いてることに気付かれてしまう。
それは嫌だから、エレベーターの扉が一刻も早く閉まることを願ったのに。
　──ガツ……ッ！
扉が閉まる直前、蓮が両手で扉をこじ開けて、エレベーターの中に戻ってきた。
「なんで花穂が泣くんだよ……？」
　強い力で肩を掴まれ、そのまま蓮の腕に閉じ込められる。
　ぽろぽろ涙を零しながら彼の顔を見上げれば、切なそうに顔を歪める蓮が映って言葉をなくしてしまう。
「……ひっ……ひっく……」
　泣きじゃくりながら、きゅっと蓮が着ているブレザーの裾を掴んだ。
"離れていかないで" と声にならない想いを込めて。
　震える指先。
　止まらない嗚咽。
　自分でも意味不明な行動。
　それでも、蓮が気にかけてくれたことが嬉しくて、余計に涙が止まらなくなる。
「蓮に、無視されると……ひっく、胸が、苦しいの……」
　寂しい。
　悲しい。
　苦しい。
　そんなふうに感じる自分に、私が一番驚いてる。

それでも、今願うことはひとつだけ。
　どうかお願い。
　これ以上——。
「知らんぷり、しないで……」
　目から溢れ出た熱い水滴は頬から顎先へと滑り落ち、ぽたぽたと床の上に落ちて跳ねる。
　必死に懇願したら、私が言い終わるよりも早くに、蓮は背中に回した腕に力を込めて、きつく抱き締めてきた。
「ごめん」
　頭上から響く、かすれた声。
　そっと顔を上げたら、気まずそうな表情を浮かべた蓮と目が合って。
「……意地悪しすぎた」
　って、反省したようにポツリと呟かれた。
「花穂が俺に嫌われてるって思い込んでたことにムカついて……やりすぎた」
「え？　蓮は私が嫌いなんじゃないの……？」
　昔から人を「ブス」呼ばわりしたり、執拗にからかってくるのは、それだけ気に入らないからでしょ？
　だから、てっきり蓮に嫌われてると思ってたのに……違うの？
　目をぱちくりさせて驚く私に、蓮は眉を下げて、呆れたように苦笑してる。
「……あのさ、俺が嫌いな女に何回もキスするような男に見えるわけ？」

苛立ったような口調に、また怒らせるようなことを言ってしまったのかと身構えた直後。
　蓮の手のひらに目元を覆い隠され、視界が真っ暗になった。
「ほかの男が近付いたり、俺以外の奴の前で笑顔を見せたり、そういうの全部無理。気に入らない」
「れ、蓮……？　一体なんの話して……」
「花穂の笑顔を見れるのは俺だけで十分、って話に決まってるじゃん」
「……な、なんで？」
　理由がわからなくてうろたえていたら「……鈍」と呟かれて。
　次の瞬間、唇に柔らかなものが重なってきた。
「ん……」
　視界を塞がれた状態でもなんとなく何をされているか理解したのは、もう片手じゃ足りないほど蓮とキスしてきたから。
　最初は軽く触れ合うだけの短いキス。
　一度顔が離れたと思ったら、今度は角度を変えて、どんどん深い口づけに。
　甘いキスに頬がじんわり熱くなって、もう駄目。
　上手に息が吸えない。
「……っ、は」
　頭の芯が痺れるような感覚にふっと意識が飛びかけて、蓮の腕にしがみついてしまう。

「じっくり落とすから覚悟しておきなよ？」
　スッ、と目元を覆っていた手のひらが離れて、視界が開けた直後。
「……っ」
　不敵な笑みを浮かべた蓮と目が合って、大きく胸が高鳴った。
　な、何これ……？
　なんで私、こんなに蓮の笑顔にドキドキしてるんだろう？
　理由は原因不明のまま。
　ただ目の前にいる彼を、どうしようもなく意識しはじめている自分がいた。

♡ 4th
相手は悪魔なのに

◆悪魔も同行

　平常心、平常心。
　なんらいつもと変わらない。
　あくまでも今までどおり普通の態度で。
　蓮と仲直りしたその日の夜、ある決意をした私は大きく深呼吸して701号室のインターホンに指を伸ばしている。
　よ、よし。押すぞ！
　──ピンポーン。
「……花穂？」
　少しすると玄関のドアが開いて、訝しそうな顔した蓮が出てきてドキッとした。
　黒いTシャツに、ゆったりしたグレーのスウェット。
　髪の毛がしっとり濡れていて、首にタオルがかかってるところから推察するに、どうやらお風呂上がりみたい。
「今、夜の8時過ぎだけど。こんな時間になんの用？」
　突然の来訪に驚く蓮に、私は後ろ手に隠した"ある物"をぎゅっと握り締めてもじもじする。
　どのタイミングで渡せばいいのか悩んでいると、困り顔の私を見かねた蓮が「ここで立ち話するのもあれだし、部屋に上がれば？」と家の中に通してくれた。
「う、うん。……お邪魔します」
　玄関先で靴を脱ぐと、蓮のあとに続いてリビングへ。
　適当な場所に座るよう言われて、革張りのソファの端に

ちょこんと腰かけた。
「飲み物、お茶とジュースどっちがいい?」
　キッチンに入り、冷蔵庫を開けながら聞いてくる蓮に「お、お茶」と返事をしながら、隠し持っていた"ある物"にチラリと視線を落とす。
　こ、今度こそちゃんと渡さなくちゃ。
「ん」
「あ、ありがとう」
　蓮に差し出されたグラスを受け取り、小さく頭を下げる。
　……うぅっ、なんで蓮相手にこんなに緊張してるの?
　すぐ隣に蓮が座っていると思うだけで変に意識して、心臓が破裂しそうなぐらいドキドキしてしまう。
　おかしいのはそれだけじゃなくて。
　ここに来る前に、普段より念入りにシャワーを浴びて、髪を丁寧にブローしてからストレートに下ろしてきたり。
　お気に入りにしているもこもこ素材のルームウェアを着てきたり。
　鏡の前で何度もおかしなところがないか確認して、そわそわしながら蓮の家のインターホンを押したりと、今日の私はどうも様子がおかしいみたい。
　今もちょっとした用件を済ませるだけなのに緊張しすぎて顔を上げられずにいるし……。
「——で。用事って何?」
　ギシッ、とソファの背に腕を回して、蓮が私との距離を詰めてくる。

じっと見つめられて、更に心臓の音が大きくなった私は、顔を真っ赤にしながら太ももの上に置いていた"ある物"を蓮に差し出した。
「あの、コレ……大したものじゃないんだけど」
　私の手からラッピングされた小袋を受け取った蓮は、すぐさまリボンをほどき、中身を取り出す。
「ストラップ……？」
「ま、前に蓮と出かけたお店のスフレパンケーキをモチーフにして、自分で作ってみたの」
「俺のために、わざわざ？」
　ストラップの紐を親指と人さし指でつまんで、まじまじと凝視する蓮。
　スイーツデコの完成度に感心しているのか、興味深そうにいろんな角度から眺めていて、作った張本人である私はちょっぴり照れくさくなる。
「雑貨屋さんに連れていってくれたり、雨の日に泊めてくれたりしたお礼というか。……感謝の気持ち、です」
「…………」
「いつも本当にありがとう」
　心からの感謝を込めて微笑んだら、蓮がふと真顔になって。
　あれ？と首を傾げたら。
　次の瞬間、みるみるうちに蓮の顔が赤くなって、照れたように俯いてしまった。
「蓮？」

「うるさい、こっち見ないで」
「だって、耳のつけ根まで真っ赤に……」
「だから見るなって」

　もう黙って、と私の目元を手のひらで覆い隠してくる蓮。

　視界を閉ざされた私は、さっきエレベーターでキスされた時のことを思い出してしまい、カチコンコチンに固まってしまう。

　また何かされるのかなって身構えつつも、どこかで「何か」起こることを期待している自分もいて驚く。

「……大事にする」

　私の目を塞いだまま蓮が苦笑交じりに呟く。

　聞き取りにくいほど小さかったけど、確かに聞こえたよ。ありがとってボソッと言った、蓮の嬉しそうな声……。

　──そう。

　実は先日、遅くまで部活で作っていたのは、蓮にあげるための手づくりストラップだった。

　なんだかんだいつも助けてくれる蓮にお礼がしたくて。

　この前、ふたりで出かけた時に蓮が食べていたスフレパンケーキの写真を参考に、日頃の感謝を込めて一生懸命作成したんだ。

　本当はもっと早くあげたかったんだけど、蓮と気まずい状態が続いてなかなか渡せなかったから、やっと渡すことが出来てよかった。

　ほっと胸を撫で下ろしてひと息つくと、「じゃあ、用件は済んだし帰るね」とひと言あいさつして、ソファから立

ち上がろうとしたら。
「ストップ」
　横から手首を掴まれて、座りなおすよう目で促された。
「先に聞くけど、おじさんとおばさん今家にいる？」
「ううん。今日は結婚記念日だから、ふたりでお祝いしてホテルに泊まってくるって」
「なら、急いで帰る必要ないよね？」
「う、うん？」
　目を丸くさせて首を傾げる私に、蓮は何やらしたり顔。
　悪巧みを思いついた子どもみたいにいたずらっぽく笑ってる。
　過去の経験上、なんとな～く嫌な予感がするのですが。
「じゃあ、一緒にDVD観ようか。ちょうど花穂が来る前に観ようと思って準備してたんだ」
　DVDってことは、録画した番組か映画のことだよね？
　事前に私が来ることを知ってたら、私の嫌いなホラー映画を用意してた可能性もあるけど、そういうわけでもなさそうだし。
　明日は土曜日だし、少しぐらい帰るのが遅くなっても平気だよね？
　……それに何より。
　蓮ともう少しだけ一緒にいたい気もするし。
「み、観てく……」
「じゃあ、ここ座って」
　太ももの上をポンポン叩いて、足の間に座るよう促して

くる蓮。
"ここ"ってまさか!?
「むっ、無理無理無理……!!　何考えてるの!?」
「いいから早く」
「きゃっ」
　——グンッと腕を引っ張られて、否応なしに蓮の足の間に座らされた私は、彼の胸に背中をもたせかける感じでピッタリ密着してしまう。
　かあぁっと瞬間湯沸かし器みたいに顔中が熱くなって、あまりの恥ずかしさから涙目に。
「は、離してっ」
　ジタバタ暴れてみたものの、腰まわりに腕を回された状態では自由に身動きもとれず、抵抗すればするほど抱き締める腕に力が込められていく。
「ちゃんと言うこと聞くまで離さない」
　ううっ……そんなこと言って、どうせ蓮の気が済むまで解放してくれないくせに。
　過去の経験上、どんなに抵抗しても無駄なことを知っている私は、それ以上あがくのをやめて大人しくするしかなかった。
　もうやだ。本気で恥ずかしすぎるよ。
「あ、あの……なんのDVDを見るの?」
　せめて違う話題で気を逸らそうと質問したら、
「AV」
　蓮の口から目玉が飛び出るような衝撃発言が出てきて、

ぎょっとしてしまった。
「ななな、何言って——!?」
　そ、それはいわゆる大人にならないと見ちゃいけないものなのでは……？
　そもそも、そんなものを私に見せようとするなんてどうかしてるよっ。
「かっ、帰る!!　今すぐ帰ります！」
　無理無理無理無理。
　絶対無理!!
　いくらなんでもしていいことと悪いことがあるし、蓮は私の嫌がる反応を見て楽しいかもしれないけど、こっちはちっとも楽しくないよ。
　むしろ、どんな羞恥プレイをさせる気!?
「帰るって、観てくって言ったのは花穂だろ？」
「い、言ってない。そんなことひと言も言ってないもん」
「ほら、再生するよ」
「いやーっ!!」
　テーブルに置いたリモコンへ手を伸ばす蓮を必死で止めようとするものの、男の人に力でかなうはずもなく、腕を掴んだ手を簡単に引きはがされてしまう。
「やだ……」
　じわじわと目頭が熱くなって、頭の中が激しく混乱していく。
　涙が出そうになる前に固く目をつぶって、両手で耳を塞いだけど、その抵抗すら蓮は許してくれず、私の手首を掴

んで耳から離してしまう。
　かつてないほどの嫌がらせに、今にも失神しそうなぐらい大混乱していると。
『ワンワンッ』
　テレビから愛らしい犬の鳴き声が聞こえてきて、思わず悲鳴を上げかけて——って、んん？　犬の鳴き声？
　想像してたものと全く違う音声に、おそるおそる薄目を開けて、目の前の画面を見る。
　すると、そこに映っていたのは——。
「チ、チワワ!?」
　愛らしい大きな目と耳が特徴（とくちょう）的な子犬の映像だった。
「馬鹿。何勘違いしてんだよ」
　テレビと蓮の顔を交互（こうご）に眺めて混乱してると、コツンと額を小突かれて。
「AVってアニマルビデオの略に決まってんじゃん。全く、どんな想像してたんだか」
　人を小馬鹿にするように鼻であざ笑ってくる蓮に、全身の血液が顔に集中するような熱を感じて恥ずかしくなる。
「変態」
　蓮はニヤリと口角を持ち上げて、私にとどめを刺してくるし。
　変な勘違いをしていたのは事実なだけに、『変態』と書かれた矢が胸にグサグサと突きささって痛い……。
　く、悔しい……。
　また蓮にはめられた。

わざと誤解を与える言い方して、私に変な勘違いを起こさせたに決まってる。
　　　もうやだ。
　　　恥ずかしすぎて、穴があったら今すぐ埋まりたい。
「ふはっ、超真っ赤」
「わ、笑わないでっ」
　　　馬鹿にしてくる蓮に腹が立って、彼の胸をポカポカ叩く。
　　　だけど、ちっともダメージを与えられず、片手で簡単に両方の手首を掴み上げられてしまった。
「う～っ……」
「花穂が犬みたく威嚇してどうすんの」
　　　力でかなわない代わりに目に涙をいっぱいためてにらんだら、蓮は呆れたように苦笑して、私の頭をわしゃわしゃ撫でてきた。
　　　ム、ムカつく。
　　　完全に騙された……。
　　　本気で悔しいけど、今は文句を言う気力もないぐらいぐったり。
　　　——ところで。
「……なんでワンちゃんのDVDなの？」
　　　素朴な疑問を投げかけたら、「お前が犬っぽいから」と意味不明なことを言われて、ぽかりと口を開けてしまった。
「これ見て、花穂をどういうふうに構えば機嫌良くなるのか研究しようかなって」
「い、犬!?　もしかして、私のこと犬扱いしてる!?」

「大きな目いっぱいに涙ためてプルプル震えてるとことかチワワと一緒じゃん。まさに生き写しレベル」
　ガーン。
　い……生き写しって、そもそも種族が違うのですが。
　まさか本当にコレを見て、私の扱い方を研究するつもりじゃ……と引き気味に蓮を凝視したら、額を指ではじかれデコピンされてしまった。
「本気で言うわけないじゃん。真に受けないでよ」
「そ、そっちが言い出したくせに……」
「まあ、パッケージ見て花穂に似てるなって思ったのはほんとだけど。気付いたら借りてたし」
「やっぱり人を犬扱いして……って。あっ!!」
　テレビ画面に映ったチワワの水浴びシーンを見て、大事なことを思い出した。
「そうだ……私まだ今年の水着、買ってないんだった」
「水着？」
「うん。実は絢人くんがね……」
　この家には私達しかいないんだから人に聞かれる心配なんてないのに、つい癖で声を潜めてしまう。
　親友の恋を応援するために絢人くんと協力してキューピッド役に徹することを話したら、ひととおり説明を聞き終えた蓮が、「は？」と心底呆れた目を私に向けてきた。
　あれ、なんか反応が冷たい？
　それに、若干怒ってるような……。
「あのさ、馬鹿なの？」

「えっ、何が!?」
「俺以外の男の前で裸同然の格好さらしにいくとか、何考えてるわけ？」
「は……裸って。ちゃんと水着着るし、蓮こそ何言ってるの!?」
「はぁー……、ないわ。マジでありえなすぎ。花穂は自分が男にどう見られてるかちっとも自覚してないだろ？」
　男の人にどう見られるか、って……。
　自分のお腹まわりのお肉をつまんで、ぐぬっと眉をひそめる。
「確かに、最近甘いものを食べすぎて少し太っちゃったけど、蓮が思うほどひどくないのに……」
「馬鹿。そういう意味じゃなくて、俺が言いたいのは……ああもういいや」
　一瞬じっと胸のあたりを見られた気がしたけど気のせいだよね？
　それはそうと、何深刻そうな顔して――。
「俺もついてくから、その日」
「へ？」
「人数が半端になるなら、そっち側で適当な人数見つくろってあぶれないように調整しといて。要するに、花穂の友達とその好きな先輩をふたりきりにさせればいいわけだし、あとは各自バラけて自由行動。当然、花穂は俺と一緒に行動するんだからな」
「あ、あの、話を勝手に進めないで……」

♡ 4th　相手は悪魔なのに　>> 237

「ったく、あのクソチビ。マジで油断も隙もないな。2人乗りの件だけでもキレそうだったのに、次はプールに誘うとか冗談じゃない」
「……れ、蓮？　私の話聞いてる？」
　眉間に深く皺を刻んで、目の奥に怒りの炎を宿らせている蓮。
　手首をボキボキ鳴らして、一体何と戦うつもりなのか――怖くて聞きたくもありません。
　っていうか、勝手に「俺もついてく」って参加表明してるけど、まだいいなんてひと言も言ってないのに。
　いや、蓮のことだから断ったところで何かしらの手段を使って絶対参加してくるけど。
　……蓮とプールとか、水中に沈められたりしないよね？
　昔、蓮にビートバンを奪われて、市営プールで溺れかけた事件を思い出した私はガタガタと全身を震わせてしまう。
　あの時は確か、ヒロくんに泳ぎを教わっていて、蓮も途中から参加してきたんだよね。
　それで、ヒロくんが休憩に行ってる間にひとりで練習してたら、蓮にビートバンを取り上げられて溺れかけたという……。
　結局すぐ蓮が助けてくれたけど。
　異変に駆けつけた監視員に「泳げない友達がビートバンからうっかり手を離しちゃって……」と私に責任を押し付けて、監視員が去るなり「ヒロばっか頼るからだ、バーカ」っ

て舌を出してきた記憶がある。
　さすがに小学生の頃と今とじゃあんな嫌がらせしてこないと思うけど。
　もし当日、うっかり蓮の意向にそぐわないことをしてしまったら──。
「お、恐ろしい……」
　頭を抱えてブツブツ呟く私の後ろで、テレビ画面から『くぅーん、くぅーん』とチワワの切ない鳴き声だけが響き渡っていた。

◆悪魔もプール

　あれから結局人数を増やして"6人"で行くことになった人気の屋内プール施設。
　みんなの予定を合わせて、ようやく迎えた日曜日。
　集合時間の9時に蓮と駅前広場へ向かうと、すでにほかのみんなが到着して私達を待っていてくれた。
「おはよー！　今日は朝からいい天気でよかったね〜」
「どうも。ひとりだけ年上だけど、年齢とか関係なくよろしくね」
　一番最初にあいさつしてくれたのは、今日も元気いっぱいのアカリちゃんと、彼女の隣に並ぶ藤沢先輩。
「お、おっす」
　右手を上げてあいさつしてくれたのは、少し照れくさそうに頬を染めている絢人くん。
「おはよう、牧野さん。一昨日、急に誘われた時は驚いたけど、声をかけてもらえて嬉しかった。今日は1日よろしく」
　シレッとした態度ながら礼儀正しくお辞儀をしてあいさつしてくれたのは、急きょ追加メンバーとして参加してもらうことになった手芸部の相原さん。
　——それから最後に。
「全く無関係な俺まで仲間に入れてくれてありがとう。花穂の奴、自分が人見知りだからって『知らない男の人が大

勢いる場所に行くのは怖い』って急にゴネだして……。俺がそばについてれば平気だって言うから、保護者的な意味合いで同行させてもらうことになりました」
「!?　誰もそんなこと言ってな……むぐぅっ」
　人当たりのいい笑みを浮かべて、堂々と嘘をつく蓮。
　少し謙遜した話し方がリアルっぽくて、誰も蓮の同行理由を疑ってないみたい。
　もちろん、すぐねつ造だって訴えようとしたけど、否定する前に蓮に口を塞がれてしまい、もごもご呻くだけ。
　──ち、違うのに。蓮が無理矢理ついてきたのに……！
　心の悲鳴は誰にも届かず、みんなに誤解されたまま目的地に向けて出発することになった。

　それから、バスで移動すること30分。
　ようやく目的地の屋内プール施設にたどり着いた。
　日曜日ということもあって来場者の数も多く、チケットカウンターには長蛇の列が出来上がっていた。
「じゃあ、着替えたら入り口の近くに集合ってことで」
　受付を済ませてから、みんなにテキパキと指示を与えるのは、唯一の年上メンバー、藤沢先輩。
　全員で「はーい」と返事すると、ロビーの前で男女別に分かれて、それぞれの更衣室へ。
　気のせいかもしれないけど、藤沢先輩のあとについて歩く蓮と絢人くんがバチバチとにらみ合ってたような……？
　男子達の後ろ姿をぼんやり眺めていると、隣からポンと

アカリちゃんに肩を叩かれた。
「ほら、アタシ達も着替えにいくよ」
「う、うん」
　ということで、私達もさっそく女子更衣室へ。
　着ていた服を脱いで水着に着替えていたら、
「……牧野さんて着痩せするタイプだったのね」
　相原さんがまじまじと私の全身を上から下まで眺めてきて、「へっ!?」と素っ頓狂な声を上げてしまった。
「花穂、Fカップあるもんね。あたしなんて無理矢理寄せ集めてギリギリAのまな板だもん。花穂みたく華奢なのに出るとこしっかり出て、引き締まってる体形ってうらやましいわ～」
「わかるわ。私も標準より少しあるかな程度だけど、牧野さんと比較したら物が全然違うもの。その顔でこの体形とか、男子に人気なのも納得というか……、どんな食生活を送ったらここまで大きくなるのかしら？」
「あ、相原さん、両手で揉まないで～っ!!」
　私を凝視しながら話すふたりに、耳朶を熱くしながら「ううっ」と身を縮こまらせていると。
「ごめんごめん。花穂の反応が面白くてつい」
「そうね。私も好奇心で気安く触れて悪かったわ」
　涙目の私をアカリちゃんが優しく抱き締め、相原さんまでよしよしするように頭をそっと撫でてきた。
「……わ、私はアカリちゃんや相原さんの方がすごく魅力的でうらやましいのに」

ふたりにあやされながら正直な本音を呟いたら、アカリちゃんと相原さんが目配せし合って、同時に噴き出した。
　でも実際そう思ってるのは事実だし、それぞれ違う個性があっていいなって思う。
　水着の種類も全員バラバラだしね。
　アカリちゃんは、上が黄色いタンクトップ、下が黒のホットパンツになっているスポーティーなセパレートタイプ。元気いっぱいの彼女にピッタリの水着。
　相原さんは、クールなネイビーカラーの三角ビキニ。
　眼鏡の代わりにコンタクトをつけているからか、普段よりも更に大人っぽくて、色気が際立っている。
　最後に私が着ているのは、フリルたっぷりの白ビキニ。
　本当は去年買ったものなんだけど、受験の関係で毎年家族と行ってる海に行けなかったから、着るのは今日がはじめて──なんだけど。
「む、胸のあたりがきつい……？」
　ここ１年で胸のサイズが大きくなったのか、若干締めつけられるような感じがして、うーんと顔を顰める。
　縦に伸びてほしいのに身長は小柄のままいらない部分だけ成長してるんだもん。正直、げんなりしちゃうよ。
　泳ぐ時に邪魔にならないよう、いつものように髪をゆる三つ編みに結んでいたら、アカリちゃんが「そういえば」と相原さんに素朴な質問をしだした。
「相原ちゃん、なんで今日来るのOKしてくれたの？」
「一昨日、牧野さんに誘われたのよ。元々４人で行く予定

だったけど、急きょひとり増えたから、男女の人数を合わせるのに一緒に来てくれないかって」
「へー。あの人見知りする花穂が自分から声かけたっていうから、驚いたんだよね。てか、何気にあたしと相原ちゃんて今日が初交流だよね？」
「そうね。基本的には毎日塾通いで同級生と遊ぶことなんて滅多にないし、誘ってもらえること自体少ないから、牧野さんに誘ってもらえて嬉しかったわ。それに……」

　含みを持たせた言い方で黙り込む相原さんに、「それに、なになに？」と興味津々といった様子で聞き返すアカリちゃん。

　私もこっそり耳をそばだてていると。
「……今日のメンバーに木村くんも入ってたから」

　ぽっと頬を赤くして、相原さんが照れくさそうに白状した。

　木村、木村……って。
「絢人くんのことだよね？」
「あれ？　相原ちゃんと絢人って」
「同じクラス。それと、同じ中学出身なの」

　初耳の情報に「そうだったんだ〜」とのんきに納得する私の横で、アカリちゃんはニヤニヤしながら「絢人がいるから来たってことは〜？」と相原さんを問いつめている。
「ちょっと。そういうのじゃないわよべつに」
「えっ、違うの!?　じゃあ、絢人の何が目当てなのさ」

　あっさり否定されて驚くアカリちゃんに、相原さんは「ふ

ふっ」と恍惚とした表情を浮かべると、クールな印象が強い彼女からは想像もつかないような理由を語りはじめた。
「何が目当てって、そんなの決まってるじゃない。見た目がかわいいところよ」

生き生きと喋りだす相原さんに、私とアカリちゃんは「えっ」と声を揃えて唖然としてしまう。

み、見た目がかわいいところって……。

その気持ちはわからなくもないけど、一応男の子なのに。
「私、昔からかわいいものに目がないの。それが美少年なら尚更。生きたままガラスケースに飾って鑑賞しておきたいくらい、木村くんは私の理想そのもので、中学の時から『なんてかわいい生き物なんだろう』って思ってたわ……」

うっとりした顔で語る相原さんには悪いけど、ごめんなさい。ちょっと引きます。

生きたままガラスケースに閉じ込めるって、その発想自体かなり危ない思考なんじゃ……。

相原さんの見てはいけない一面を知ってしまって戦慄していると、私より冷静に話を聞いていたアカリちゃんが、
「な、なるほど。相原ちゃんはそっち系の人か……」

と口元を引きつらせながら、なんとか理解を示そうと努力していて。

結果的に、その言葉が相原さんの『本音スイッチ』をONにしてしまった。
「今日はそんな木村くんの半裸を拝めると聞いて喜び勇んで来たのよ。水中で無邪気にはしゃぎ回る美少年……あ

あっ、木村くんが水に濡れる姿を想像しただけで動悸がっ」
「ちょっ、相原さん落ち着いて!?」
「おいおい。キャラ崩壊してるよ～？」
　どんな想像をしてるのか、キラキラした目で遠くを見つめる相原さん。
　こ、こんな人だったっけ？と一瞬戸惑ったものの、今まで知らなかった一面を見れて嬉しく感じたのも事実で。
　相原さんて意外とお茶目な部分があるんだなって思ったら、ついおかしくて噴き出してしまった。
　ちょっと物騒な言い回しだったけど、要するに"絢人くんに興味がある"ってことだよね。
　確かに、絢人くんはそこら辺にいる女の子よりもかわいいし、私もはじめて会った時は「美少女」だって思ったぐらいだもん。
　飾る云々は共感しかねるけど、かわいいものを見ていたい気持ちはわかるし。
　何よりも相原さんともっと親しくなりたいなと思っていた私は、心の中できっかけを作ってくれた絢人くんに『ありがとう！』と手を合わせて感謝せずにはいられなかった。

　全員水着に着替えてからプールの入り口に向かうと、そこは大勢の人達で溢れ盛況だった。
「うわぁ……すごいっ」
　見渡す限りの人、人、人。
　プールの中だけじゃなく、ビーチの方まで利用客で溢れ

返り、がやがやと賑わっている。
　広いドームの中心には、浅瀬の巨大プールに、大波が押しよせるコバルトビーチ。
　巨大プールの周辺は砂浜をイメージさせる茶色の床になっていたり、たくさんヤシの木が植えられていて、まるで本物の海みたい。
　人気のウォータースライダーには長蛇の列が出来、液晶モニターに滑っているところが映し出されている。
　休憩所にはカラフルなビーチパラソルが立てられたデッキセットが設置されていて、その近くに数多くの売店が並んでいた。
「藤沢先輩、お待たせしました！」
「おっ、やっと来たか」
　待ち合わせ場所に着くとすでに藤沢先輩と絢人くんが待っていて、アカリちゃんは嬉しそうに好きな人の元へ近付いていった。
　お邪魔虫にならないよう、そっとふたりから離れる絢人くん。グッジョブだよ!!
「水着、すごい似合ってるよ。……かわいい」
「えっ、本当ですか!?」
　藤沢先輩に水着姿を褒められて、嬉しそうに頬を赤らめるアカリちゃん。
　先輩も照れくさそうに微笑んでいて、なんだかとってもいい雰囲気。
「やだ、木村くんてばかわいすぎるわ」

「かっ、かわいい!?」
　海パン姿の絢人くんを見て、ついうっかり本音を零してしまった様子の相原さんと、男子なのに「かわいい」と言われてショックを受けている絢人くん。
　外見にコンプレックスを抱いてる絢人くんは微妙な表情してるけど、正直私も「水着だと更に幼く見えてかわいいな」ってほのぼのした目で見ちゃった。
　――って、あれ？
　そういえば蓮の姿が見当たらないけど、どこにいるのかな？
　まだ来てないのかな、と周囲を見渡していると。
「キャーッ!!」
　休憩所の近くから黄色い悲鳴が湧き起こり、声がした方を振り返ると、集団の女子に囲まれている男の人の姿が見えた。
　人垣の中心にいるのは……、やっぱり蓮だった！
「超カッコいいですね！　もしかしてモデルさんとか？」
「うちら女友達３人で来てるんですけど、よければお友達も呼んで一緒しませんか？」
「てか、彼女いる？　もしいなかったら連絡先とか……」
　ゾロゾロと集団を引きつれて歩く蓮を唖然としてまじまじ凝視してしまう。
　芸能人かお前はってレベルで女の子達に騒がれてるけど、当の本人は焦る様子もなく爽やかに受け答えしてるし。
　学校での人気もすごいけど、外ではそれ以上の人気なの

かもしれない。
　まるでハーレムのような光景に「うわぁ……」と引きつつ、少し離れた場所から蓮を観察する。
　誰の目から見ても美形とわかる端正な顔立ち。
　引き締まった上半身に、セクシーな腰まわり、スラリと伸びた手足に細身だけどしっかり筋肉がついた体つき。
　無地の黒いサーフパンツもすごく似合ってるし、どこにいても注目を集めてしまうのも納得のルックス。
　水着だから当たり前だけど、半裸の威力がすさまじくて、セクシーフェロモンを垂れ流しまくりで色気がとんでもないことになっている。
　素直に認めるのは癪だし、正直悔しいけど。
　……やっぱり、蓮は"カッコいい"なって思う。
　そう感じるからこそ、蓮に群がる人達の気持ちもわからなくもないんだけれど。
　ほかの子に愛想良く振る舞う蓮をこれ以上見たくなくて、ふいっと顔を背け、流れるプールの方へスタスタ歩きだした。
　何よ、蓮ってば！
　あんなまんざらでもなさそうな態度……。
　今日は、せっかくみんなと遊びにきてるのに。
　べつにどんな人と親しくしようが蓮の自由なのに、自分以外の女の子に優しくしないでほしいと思ってしまう。
　身勝手すぎる我儘な本音。
　その理由がわからなくて、胸の奥はモヤモヤしたまま。

これじゃまるで、私が蓮に——。
「……の、牧野！」
　ひとりでプールサイドに向かっていたら、突然後ろから腕を引っ張られて振り向かされた。
　私を呼び止めたのは、呆れたような表情で片手を腰に当てている絢人くんだった。
「お前、準備運動もせずに入る気かよ？　足つるぞ」
「あっ、すっかり忘れてた……」
「急にスタスタ歩きだすからびっくりしたわ。お前、男嫌いなんだから下手にひとりで歩くなよ。変な奴に声かけられたら困るだろ？」
　心配して追いかけてくれたのか、絢人くんの額にはうっすらと汗が滲んでいる。
　ドーム内の熱気のせいもあるけど、軽く弾んだ呼吸からも慌てて呼び止めてくれたことが伝わって、申し訳ない気持ちになった。
　みんなと一緒に来てるのに、何も言わないでひとりでフラッとどこかに行くとか心配かけるに決まってるじゃない。
「ご、ごめんなさい……」
　蓮のことでカッとなってたとはいえ、自分の身勝手な行動を反省して、しゅんと項垂れてしまう。
「そんな深刻そうな顔して謝るなって。それよりも——その、あれだ。牧野の水着……」
「うん？」

「か、かわ……」
　耳まで赤くさせて、一生懸命何かを伝えようとしている絢人くん。
"かわ"ってなんだろうと、素朴な疑問を感じて首を傾げていたら。
「花穂の半径５ｍ以内に近寄らないでくれる？　クソチビ」
　──グンッ。
　今度は、違う人に後ろから抱きすくめられてびっくりした。
「れ、蓮……っ!?」
　なぜならば、私の肩と腰に腕を回して自分の元へ引き寄せたのが、ブチ切れた様子で眉間に皺を寄せている蓮だったから。
「おい。誰がチビだって？」
「ん？　そんなの頭使えばすぐわかるだろ？」
　お互いを威嚇するようにバチバチとにらみ合う蓮と絢人くんの間に挟まれて、ええっとうろたえてしまう。
　このふたり、なんでいきなりケンカ腰なの!?
　今にも相手に掴みかかりそうな一触即発ムードにハラハラしていると。
「行くよ」
「わっ」
　絢人くんを冷たく一瞥するなり、蓮は私の腕を引っ張って、反対方向に歩きだしてしまった。
　ケンカが始まらなくて安心したものの、拍子抜けしたよ

うにポカンとした表情で立ち尽くす絢人くんに「ごめんね」と顔の前に片手を立てて謝り、ペコペコ頭を下げる。
　そしたら、絢人くんも私の心情を察してくれたのか、しゃーねぇなって感じで肩をすくめてくれたのでほっとした。
「れ、蓮……その先は行き止まりだよ？」
　見るからに不機嫌そうな蓮に腕を引かれたまま後ろをついていくと、どんどん人気のない場所に遠ざかって、物陰に押し込められた。
「……っ」
　ふたりきりになるなり、正面からぎゅっと抱き締められて目を丸くする。
　肌と肌が密着して、じわじわと頬が火照りだす。
　今にも破裂しそうなぐらい心臓がドキドキして、額に汗が滲んだ。
　どうしよう。絶対、蓮に心音聞こえてるよ。
「……あのさ、なんでそんな格好してんの？」
　はぁーっと深いため息を吐き出す蓮に、「ふ、普通の水着だよ……？」と答えたら、更に眉間の皺が深くなって、呆れた顔をされてしまった。
「馬鹿、違うよ。なんで布面積の少ないビキニなんか着てんの？」
「布面積の少ない、って……」
「谷間丸見え。歩く度にユサユサ揺れてエロすぎ。花穂が近くを通る度にほかの男がやらしい目で見てるのがムカつ

く。むしろ、見た奴全員ぶっ殺す」
「なっ……、馬鹿じゃないの!? 急に何言って……」
　かぁぁっ。
　いきなり突拍子もないことを言われて、カッと全身が熱くなる。
　どんな目で自分を見てるのかと、とっさに腕で胸元を隠そうとすると、そうする前に両手首を掴み上げられて、真顔で見下ろされてしまった。
「やっぱ駄目だな。売店で違う水着買うから今すぐ着替えてきて」
「わ、わざわざそんなことしなくていいよっ」
「言うこと聞かないと、この場でめちゃくちゃにするけど……いいの？」
　こ、怖い怖い怖い!!
　蓮の目、本気で怒ってるよ。
　凄んだ声で脅され、目の縁にじわりと熱いものが込み上げていく。
「……そんなにこの水着じゃ駄目？」
　お気に入りの水着をここまで駄目出しされると思っていなかった私はしゅんと肩を落としてしまう。
　……あ、駄目。
　悲しくて泣きたくなってきた。
　下唇を噛み締めて、目から涙が零れ落ちそうになるのをぐっとこらえたけれど。
　どうしてかな？

期待していたのと違う反応にこんなにショックを受けてしまうのは。
「……のに」
「ん？　聞こえな──」
「蓮にかわいいって言ってほしかったのに……」
　多分、どこかに拗ねた気持ちがあったからだと思う。
　気付いたら、無意識のうちに本音を口にしていた。
「あっ、違……今のはその」
　すぐさま我に返って言い訳しようとしたら。
　……あれ？
　蓮の顔……真っ赤になってる？
「……っ、タチ悪すぎ」
　片手で口元を隠しながら、蓮が苛立った口調で呟く。
　こんなに赤面した蓮を見るのははじめてでオロオロしていると、頭の後ろを掴まれて、グイッと蓮の肩口に額を押し当てられた。……次の瞬間。
「──かわいいから普通にほかの男に見せたくないんだよ」
　耳元でボソッと囁かれて、ひと際大きく胸が高鳴った。
「かわ、いい……？」
　耳のつけ根まで熱くなっていくのを感じながら、半信半疑で聞き返す。
　だって今、確かに……。
「……何度も言わせるなよ、馬鹿」
　顔を上げたら、恥ずかしそうに頬を染めた蓮と目が合って、つられるように私も照れてしまった。

あ、れ……？
　胸の奥がむずがゆいような変な感覚に包まれて、なんだか急に落ち着かなくなる。
　蓮のそばにいるのが息苦しくて、だけどそれ以上に離れたくなくて。
　どんどん心音が速くなっていく。
　……この胸の高鳴りはなんなんだろう？
「あ、あのね……」
　おずおずと手を伸ばし、蓮の手を握る。
　今なら正直に、素直な気持ちを伝えられそうな気がしたから。
「……蓮にかわいいって言われると、ドキドキして落ち着かなくなるの。それぐらい本当に嬉しいんだよ？」
　ふにゃっと気の抜けた笑顔で微笑みかけたら、蓮は一瞬目を見張って、それから悔しそうな顔で「ムカつく」と呟いた。
「俺のために用意した水着なら……ほかの奴に見られるのは嫌だけど、今日１日だけは我慢してあげるよ」
「……う、うん？」
　なんでほかの人に私の水着姿を見られるのは嫌なんだろう……？
　理由はわからないけど、めずらしく拗ねた蓮がかわいいから。
　そろそろと広い背中に腕を回して抱きしめ返していた。

♡ 4th　相手は悪魔なのに　》》255

◆悪魔もプール・2

「あれ？　木村くんと松岡くんは？」
「ま、まだウォータースライダーでタイムを競いにいったまま戻ってきてないよ」
　質問に答える私に、売店で買ってきたトロピカルジュースを2つテーブルに置いて、隣の椅子に腰かける相原さん。
「よければどうぞ。ひとつは牧野さん用に買った物だから」
「えっ、いいの？　あとできちんとお金払うね」
「いいわよべつに。自分のついでだから気にしないで。……それよりも、勝負事に白熱するなんてやっぱり男の子なのね」
「はは……、そうだね」
「――で。ふたりの賭けの対象になってる牧野さんはどっちに勝ってほしいの？」
　興味津々に意味深な視線を私によこす相原さん。
「……え、ええっと」
　なんとも答えにくい質問に、苦笑いで返事を濁してしまった。

　――事の発端は今から1時間前。
　物陰で蓮と抱き合っているところを、私を捜しにきた絢人くんに見られてしまって。
　その場面を目撃したとたん、絢人くんの態度が豹変。

『テ、テメェ……、牧野が男性恐怖症だって知ってて何やってんだよ!?』

怒りで顔を真っ赤にさせて、蓮に掴みかかった。

蓮は蓮で相手を見下すような冷ややかな目で絢人くんを一瞥するし、ピリッとした一触即発ムードに。

火花を散らすようにバチバチとにらみ合うふたりの間で冷や汗を流して激しくうろたえていた。

『うるさいよクソチビ。俺だけは例外なんだよ』

『例外ってべつに付き合ってるわけじゃねーんだろ!?』

『それが？』

『だから、彼氏でもねぇのにベタベタすんのはおかしいっつてんだよ！　見ろよ、牧野涙目だぞっ』

ビシッと絢人くんに指差された私は、誤解だと伝えるために適切な言葉を探すものの、どう説明すればいいのかわからなくて沈黙してしまう。

違う。違うの、絢人くん。

蓮が怖くて泣きそうになってるんじゃなくて……。

その、ついさっきまで蓮が何回も深いキスをしてくるから、息が出来なくなって。

そのせいで涙目になってる――とはとてもじゃないけど言えず、言葉に詰まってしまう。

『お、落ち着いてふたり共。せっかくみんなで遊びにきてるんだし、ケンカしないで、ね？』

今にも殴り合いのケンカを始めそうな蓮と絢人くんをなんとかなだめ、一旦はみんなに合流してプールで遊んでた

んだけれど。
『花穂、ウォータースライダー乗りにいこうか』
『牧野、オレとアレに乗ろうぜ』
　蓮と絢人くんから同時にウォータースライダーに乗ろうと誘われ困惑してたら、お互いを気に入らなさそうににらみ合っていたふたりがついに本気で揉めだしてしまった。
『花穂に密着するために誘うとか最低だな、この変態』
『ああ!?　そういう発想が出てくること自体、テメェがそういうこと考えてんじゃねぇかっ、このムッツリが!!』
『……なら、ふたりでタイムを競って、速かった方が花穂とウォータースライダーに乗るって条件はどう?』
『おう、上等じゃねぇか。その勝負、乗ってやるよ!』
　そのまま話はどんどん変な方向に向かっていって。
　近くでふたりのやりとりを見ていた藤沢先輩が、
『あ。俺、ストップウォッチ持ってるからタイム計ってやるよ』
　と、にこやかに計測係を引き受けると言いだし、
『ふ、藤沢先輩が協力するならアタシも手伝います!』
　藤沢先輩と一緒にいたいアカリちゃんもすかさず挙手。
『じゃあ、私は休憩がてら飲み物でも買ってくるわ』
『わ、私も休んでるね……』
　ということで、私と相原さんは休憩所に移動して、少しの間休むことに。
　——で、話を元に戻すと。

「そういえば、牧野さんていつからハンドメイドを始めたの?」
「へ?」
　ビーチパラソルが立てられたデッキセットで相原さんと休憩していたら、手芸部の話題からひょんな質問をされて、目を丸くしてしまった。
「いつも手先が器用だなぁって感心してたから。子どもの頃からずっとしてるのかと思って」
「う、うん……。昔からとろくさくて運動が苦手だった分、家で手作業することにハマってて。その延長線上でハンドメイドに行きついた感じかも? でもなんで?」
「ハンドメイドにハマるきっかけとか、そういう話があれば聞いてみたいなって思ってたの。私は基本的に縫い物しかしないけど、牧野さんはいろんなものを手づくりするから」
「きっかけ……」
　相原さんに言われて、ふと昔の出来事を思い出す。
　私がハンドメイドにハマったきっかけ……。
　そう言われて、真っ先に思い浮かんだのは、幼い蓮の顔だった。
　私と蓮とヒロくん。
　幼なじみ3人の中で何をやらせても常に1番だった蓮と、蓮に負けず劣らず博識で優秀だったヒロくん。
　だけどそんなふたりと違って、私だけがなんの取り柄もなくて……。

周りの大人達に褒められている蓮とヒロくんをいつもうらやましく思っていた。
　そんなある日。
『花穂ってすごいよな。その手でいろんなもの作れて』
　小学生の頃、夏休みの工作でビーズアクセサリーを作っていたら、いつの間にか背後に立っていた蓮が私の手元を覗き込んで感心したようにそう言ってくれたんだ。
　いつも人をからかっていじめてくる蓮が、はじめて私を褒めてくれた。
　おかしな話かもしれないけど、私も蓮に『すごい』って思ってもらえるものがあるんだって。
　少しでも認めてもらえたような気がして嬉しかったんだ。
　それは、なんでも完璧にこなせる蓮に対してコンプレックスを抱いてたから？
　……ううん。違う。
　そうじゃなくて。
　意地悪なところは苦手だし、からかわれるのは嫌だけど。
　ほんとはね……、本音の部分では心の奥底で蓮に憧れていたから。
『俺は花穂みたいにアクセサリーなんて作れねぇもん。そういうのが得意なら、将来自分が作った物を売る人になればいいんじゃねーの？』
『自分が作った物を……？』
『そう。どのみち、俺は大企業に勤めて将来安泰だし。そ

したら花穂は専業主婦になって、子育てのかたわら特技を生かしたビジネスでも始めればいいじゃん』
『大企業……？　専業……ビジネス？』
　蓮の言ってる意味は難しくてよくわからなかったけど、言葉のニュアンス的に前向きなアドバイスをしてくれているのだと受け取り、『うん！』とにっこりうなずいた。

「──っていう出来事があって。それから、よりいっそうハンドメイドにハマっていったというか……。もっとすごいものが作れるようになれば、蓮がまた褒めてくれるかもって内心期待してたのかも」
　昔のことを思い出して苦笑する私に、
「牧野さんて松岡くんのことが好きなの？」
　相原さんが突然とんでもないことを言いはじめて。
　びっくりしすぎたあまり、飲みかけのジュースを喉に詰まらせ「ゲホゴホ」とむせてしまった。
「ななな、なんでそんな話に……っ!?」
「だって、いくら褒められたのが嬉しかったからって、子どもの時の話でしょう？　ましてや苦手意識のある相手にまた褒めてもらいたいなんて思うかしら？」
「で、でも……、あの頃、私が好きだったのはもうひとりの幼なじみの方だったし」
「牧野さん、松岡くんに"認めてもらえたような気がして"嬉しかったって言ったわよね？」
「う、うん……」

「じゃあ、もうひとりの幼なじみ——って矢島くんのことよね？　矢島くんは牧野さんの趣味について何かコメントしてくれたことはないの？」
「ヒロくん？　ヒロくんは、いつもすごいねって言ってくれるけど……？」
「なのに、松岡くんの時みたいにまた褒めてもらえるかもなんて期待したりはしなかったんでしょ？」
　確かに……。
　ヒロくんに"自分を認めてもらいたい"なんて思ったことないかも。
「……さりげなくプロポーズしてるのに、当人に伝わってないなんて。松岡くんもお気の毒に」
「へ？」
「ゴホンッ。なんでもないわ」
　軽く咳払いして、言葉を濁す相原さん。
　小さい声で何か呟いてたような気がするけど、気のせいかな？
「——ところで、ハンドメイド繋がりで牧野さんにお願いしたい事があるんだけど」
「お願いしたい事？」
　相原さんの方から私に頼みたいことがあるなんてめずらしいな、と思っていると。
「もし良ければ、今度、自分達が作った物をフリーマーケットに出展してみない？」
「フリーマーケット？」

「そう。私ね、牧野さんが作る手づくりアクセサリーってオリジナリティがあってかわいいから、いろんな人に手に取ってもらえればいいのにって前から思っていたの。パーツの組み合わせや色使いもそうだけど、どれもすごくセンスがいいし、個人的にもファンなのよ」
「ファッ、ファン!?」
「ふふ。本人を前に改まって打ち明けるのも恥ずかしい話だけど、わりと本気で誘ってるのよ。少し考えてみてちょうだい」
「う、うん。わかった」
　まさか、自分の作品にファンがいたなんて。
　それも、以前から親しくなりたいと思っていた相原さんが……。
　これって夢じゃないのかな？
　嬉しすぎて頬がじんわり熱くなる。
　じんわり涙が浮かび上がりそうになって、慌てて首を横に振る。
「相原さん……、あの……ありがとう。すっごく嬉しい、です」
　赤面してるだろう顔でお辞儀をしたら、相原さんも少し照れくさそうに微笑み返してくれた。

　しばらく休憩所で相原さんとのんびりお喋りしたあと。
　みんながいるプールに戻ると、いまだに蓮と絢人くんがタイムを競って勝負していた。

ふたりの勝負を見届けていたアカリちゃんいわく、結果は全て蓮の圧勝。
　だけど、負けると必ず絢人くんが「あともう１回だ！」と突っかかっていくため、何度勝負をしてもキリがないそう。
　タイムを計るのに飽きたのか、アカリちゃんと藤沢先輩は楽しくふたりで泳いでいて、そこに私と相原さんも混ぜてもらうことにした。
「あっ、いつの間にか全員で遊んでんじゃねぇか」
「花穂がいるなら、俺もあっちに移動しよう。じゃあね、チビ」
「おい待てよ!!　オレも行くっつの！」
　４人で遊んでいたら、蓮と絢人くんもこっちに移動してきて、みんなでワイワイ盛り上がった。
　水のかけ合いをしたり、ウォータースライダーや流れるプールを楽しんでいるうちに自然と笑顔が溢れていて。
「あははっ」
　子どものように無邪気にはしゃぐ私を見て、隣にいた蓮がグイッと肩を引き寄せてくると、
「……本当はほかの奴に花穂の笑ってる顔見せたくないけど、今日だけ特別」
　って、片眉を下げながら、いたずらっぽく苦笑してきて。
　蓮の笑顔にドキッとした私は、赤らんだ頬を隠すように両手で押さえて俯いていた。

あれから私達がプール施設を出たのは、すっかり日が暮れた時間帯だった。
　今は、バス停留所で駅行きのバスを待っているところ。
　ベンチがないので、みんなで立ち話している。
「あーっ、疲れたぁ！　こんなにはしゃいだの超久々だよ」
　うーんと大きく伸びをするアカリちゃんに「今度はふたりで海に行こうか？」とさりげなく次のデートのお誘いをかける藤沢先輩。
　今日1日で更に距離が縮まったふたりは、お互いを見つめて、照れたように微笑み合っている。
「オレも全身クタクタ。今なら3秒で寝れそう」
「ああ。成長期のお子様は早く家に帰って寝なよ？　1mmでも背が伸びるかもしれないし」
「ああ!?　んだと松岡テメェッ!!」
　今日1日ずっとこんな調子で相手をあおって口ゲンカしている蓮と絢人くん。
　最初はハラハラしてた私も、この光景にすっかり見慣れて全くうろたえなくなった。
　絢人くんは本気でキレてそうだけど、蓮は絢人くんをからかって楽しんでるみたいだし。
　ある意味、いじりがいのある絢人くんを気に入ってるんだと思う。
「さっき話したフリマの件、あとでゆっくり考えてみて」
「う、うん！　前向きに検討してみる」
　蓮達のやりとりをのほほんと眺めていたら、相原さんか

♡ 4th　相手は悪魔なのに　>> 265

らコソッと耳打ちされて、しっかりうなずき返した。
「あ、バスが来たみたい」
　私が道路の先を指差すと、みんなが一斉に荷物を抱えなおして、それから間もなく到着したバスに乗り込んだ。
　たまたま６人掛けの後部座席が空いていたので、みんなで並んで座り、駅に着くまでの間、今日の出来事を楽しく語り合った。
　はじめは人数が増えてどうなるかと思ったけど、この６人で遊びにこれて本当によかった。
　ほんの少しだけど、前よりも男子に対する苦手意識も薄らいだ気もするし。
　絢人くんや相原さんとも更に仲良くなれて。
　……何よりも蓮に『かわいい』って言ってもらえたことが嬉しくて、思い出す度に自然と口元が緩んでいた。

　駅前のバス停に到着したあとは、その場で解散することになった。
「暗くなってきたし家まで送るよ。確か、植野の家って北方面だよな？」
「えっ、わざわざ送ってくれるんですか!?」
「当たり前だろ。植野ひとりで帰せないし」
「藤沢先輩……」
　ということで、アカリちゃんは藤沢先輩に家まで送り届けてもらうことに。
「俺はチャリで来たから、駐輪場に取りにいって、そのま

ま帰るわ」
「私はもうすぐ親が車で迎えにきてくれるから、近場で待つことにするわ」

　絢人くんは自転車、相原さんは家からの迎えの車で帰宅することになり、残った私と蓮は元々同じマンションに住んでるので一緒に帰ることになった。

「今日は楽しかったね。蓮も意外とはしゃいでたよね?」
「プールに大勢で行くこと自体、滅多にないしね」
「前に私と蓮とヒロくんの家族で旅行に出かけた時以来だよね?　ホテルの中におっきなプールがあって、3人で泳いだっけ」
「ああ。無理矢理飛び込み台に上がらせたら、花穂がビビッて泣きだしたやつか」
「『こっから飛びおりないとお前だけ晩ご飯抜きな』って言われて本当に焦ったんだから……!」
「でも結局『出来ない!』って大泣きして逃げ出しただろ。で、そのあと花穂を泣かせるなってこっぴどくヒロに叱られた記憶ある」

　家までの帰り道、他愛ないお喋りから昔話に花が咲いて盛り上がっていると、いきなり蓮が私の手を握ってきてドキッとしてしまった。

　一瞬驚いたけど、なぜかその手を振り払う気にはなれなくて……。

　マンションに着くまでの間、ずっと手を繋いだまま歩い

ていた。
　……うん。
　やっぱり蓮の隣にいると胸がドキドキして息苦しくなる。
　でもそれは、決して不快なものじゃなくて。
　甘いときめきにじんわり頬が熱くなっていく。
　なんでかな。なんでだろう、ってずっと考えてた。
　もしかしたら、私……。
　新たに芽生えはじめた想いを確かめるように、蓮を見上げて、繋いだ手に力を込めようとした——その時だった。
「蓮ちゃん!!」
　マンションの前に着いて、エントランスホールでオートロックを解錠していたら、突然後ろから女の人の大声が響き渡って、ビクッと肩が跳ね上がった。
　蓮も暗証番号を入力する手を止めて、怪訝そうな顔で振り返ると。
「あーよかったー！　やっぱりそうだったーっ」
　スーツを身にまとった背の高い女の人がいきなり蓮に抱きつき、蓮の体をガクガクと前後に揺さぶりはじめた。
「いくらスマホに連絡しても繋がらないし、わざわざ家まで来ちゃったわよ！　もうっ、どこにいたのよ？」
　ペラペラと早口でまくし立てる女性に唖然として言葉をなくしてしまう。
　こ、この人は一体……？
「ちょ、離せよハルナ」

「はいはい、やな顔しないの」
　邪険な態度をとる蓮に"ハルナ"と呼ばれた女性はにっこり笑って、蓮の首に腕を回し、チュッと頬に口づける。
「!?」
　その光景を目の当たりにした私は、衝撃のあまり目を見張って絶句してしまった。
　ワンレングスのボブに目鼻立ちがくっきりした、猫目の美人。
　ヒールのある靴を履いてるとはいえかなりの長身で、モデル並みに抜群のスタイル。
　パンツスタイルのグレーのスーツも、手足が長いのですごくさまになっている。
　20代半ばと見受けられるハルナさんは、蓮の隣で硬直する私にようやく気付いたのか、
「どうも」
　と愛想良く笑って、小さく会釈してきた。

♡Last
大好きな悪魔

◆悪魔に対する気持ち

「あれ？　どしたの、花穂。気難しい顔しちゃって」
「う、ううん。なんでもないよ」

　自分でも無意識のうちに眉根を寄せて考え事をしていたら、私の席までお喋りしにきていたアカリちゃんに指摘されて、ハッと我に返った。

　慌てて首を振ったものの、視線はアカリちゃんを通り越して、その後ろにある蓮の席へ。

　……今日はめずらしく欠席だけど、どうしたんだろう？

　休みなのに蓮からひと言も連絡がないせいか、朝から気分が落ち着かず、妙にソワソワしてしまう。

　それもこれも、昨日あんなことがあったから──。

　昨日、マンションの前でいきなり蓮に抱きついた女性は、私に"丹羽榛名"と名乗った。

　何やら蓮とはちょっとした知り合いで、用件があって家まで来たらしい。

『悪い、花穂。榛名と話してくるから、先に帰ってて』
『邪魔してごめんね〜。ちょっとの間、この子のこと借りてくから』

　まるで逃がさないとでも言うように榛名さんは蓮と腕を組むと、呆然と立ち尽くす私にひらひら手を振り、笑顔で去っていってしまった。

そのまま蓮から音沙汰なし。
　あれからひと晩中……ううん、もしかしたら今も榛名さんと一緒にいるのかな？
　ふたりのことを考えるとキリがなくて、ひたすら悶々としてしまう。
　だって……、昨日見た榛名さんは、すごく綺麗な女性だった。
　余裕のある大人って感じで笑顔も素敵だったし。
　蓮の頬にキスしたり、腕組みしたりと積極的なタイプだったし。
　……何よりも、普段人前で猫を被っている蓮が、彼女の前で素の態度だった。
　蓮と榛名さんはどんな関係なの……？
　ふたりの間に流れる親密な空気を思い出す度に、胸の奥がズキンと痛んで。
　不安な気持ちに押し潰されそうになった私は、机の下で固く両手を握り締めていた。

　結局その日は、放課後になっても蓮から連絡がこなかった。
　メッセージを送信しても既読マークがつかないし、今頃どこで何してるんだろう？
　SHRが終わり、深いため息を何度も零しながら帰り支度をしていると。
「……きの、牧野！」

「わっ」
　教室の後ろの出入り口から名前を呼ばれて振り返ると、そこには絢人くんが立っていた。
　ぼんやりしていた私は肩がビクッとなって、驚いた顔を彼に向けてしまう。
「……悪い。驚かせるつもりはなかったけど、何回呼んでも返事ねぇから」
「わ、私こそごめんね。ぼーっとしてて」
「いや、気にしてないから謝るなって。……それより、ちょっと報告したいことがあるんだけど」
「報告？」
　どこかそわそわした様子で辺りを見回し、廊下に出るよう手招きしてくる絢人くん。
　なんだろうと思いながらあとをついていくと、絢人くんは人気(ひとけ)のない階段の踊(おど)り場で足を止めて、満面の笑顔でくるりと振り返った。
「今度の対抗試合、メンバーに入れてもらえることになった」
「えっ、すごい!!」
「っつてもまぁ、補欠だけどな」
「補欠でも１年生から選ばれるなんて十分すごいことだよっ」
　だって絢人くん、あんなに一生懸命練習してたんだもん。
　身長の時点で不利な分、ほかの部分でカバーしようと人一倍努力してきた彼だからこそ、この報告は何よりも嬉し

かった。
　瞳を輝かせて「おめでとう！」と祝福する私に、絢人くんは照れくさそうに頬を掻きながらはにかんでいる。
　でもどこか誇らしそうな顔つきに見えるのは、それだけ自信が態度に表れているからだと思う。
「ありがとな。牧野のおかげでいろいろ頑張れたわ」
「私のおかげ、って……何もしてないよ？」
　きょとんと首を傾げる私に絢人くんは苦笑すると、スーッと深く息を吸って、真っ直ぐ私を見据えてきた。
「好きな子にいいとこ見せたいと思って張りきったってこと。――つまりオレは、牧野が好きだって言ってんの」
「え？」
　突然の告白に頭が真っ白に染まって何も考えられなくなる。
　窓を背に立つ絢人くんの顔はこれ以上ないくらい真っ赤に染まっていて、真剣な目で私を見つめている。
　ジョークで言ったとは思えない場の雰囲気に、どう応えるべきなのか困惑してしまい、返事に詰まってしまった。
　絢人くんが、私を……？
「選手に選ばれたら、牧野に気持ちを伝えようって決めてた」
　下の階からザワザワと聞こえてくる人の話し声に負けないよう、ハッキリした口調で想いを告げる絢人くん。
「……今度の試合、オレ頑張るからさ。もし可能性があるなら会場まで応援しにきてほしい。反対に駄目なら来なく

ていいから」
「…………」
「用件はそれだけだから。急に驚かせるようなこと言って悪いな。——じゃあ」

　私の返事も聞かずに、まるでその場から逃げ出すように私から背を向けて階段を下りていく絢人くん。
　ひとり残された私は、絢人くんからの予想もしなかった告白に戸惑い、混乱していた。
「嘘……」
　まさか絢人くんが私のことを……なんて今までちっとも気付かなかった。
　絢人くんから真っ直ぐぶつけられた真剣な想いや眼差しを思い出して、頬がじんわり火照りだす。
　同時に、その瞬間真っ先に頭に思い浮かんでいたのは別の人物で。
　なぜか、蓮のことばかり考えている自分がいた。

　あれから真っ直ぐ家に帰りたくない気分だったので、少し寄り道をして手芸店に立ち寄った。
　昨日、プールで相原さんから誘われたフリマ。
　いろいろ考えたあげく、参加してみようと決めて、そのための作品づくりをしようと思ったからだ。
　私なんかが作った物でも喜んでくれる人がいるかもしれない。
　そう思うと自然とワクワクして、出店に前向きになって

いた。
　好奇心に突き動かされただけかもしれないけど、何かひとつのことに熱中するいい機会かもしれないし、やるからには全力で取りくみたいと思う。
　今日の休み時間、相原さんに参加することを伝えた時に、これまで作ってきたアクセサリーがたくさんあることを話したら、
『全部フリマに出しましょう。むしろ、在庫があればあるほど助かるわ』
　と嬉しそうに笑顔で提案してくれた。
　今まで特別誰にあげるでもなく趣味で作り続けていた物が誰かの手に渡るかもしれない──そう考えるだけで不思議と気分が高揚してやる気も高まった。
　ただ品数がたくさんあるとはいえ、せっかく参加するなら新しいアイテムも用意していきたいなと思って、手芸店に材料を買い求めにきたんだけど。
「……どうしよう」
　籠の中にUVレジン液を入れながら、深いため息。
　どんなアクセサリーを作ろうか考える片隅で、さっきの絢人くんの告白を何度も思い出してソワソワしてしまう。
『つまりオレは、牧野が好きだって言ってんの』
　顔を真っ赤に染めて、真剣な眼差しで気持ちを伝えてくれた。
　好きって口にする瞬間、微かに声が震えてた。
　絢人くんは、私にとってはじめて出来た男友達で。

もし返事を断ったら、今までみたく話してくれなくなるのかなって……。
　絢人くんの反応も気になるし、そう考えると苦しくなって、どんどんつらくなる。
　友達を傷付けたくない。
　だけど、きちんと返事をしなくちゃいけないし……どうすればいいんだろう。
　……それに、さっきから変なんだ私。
　絢人くんのことを考えてるはずなのに、いつの間にか蓮の顔ばかり浮かんでる。
　今日学校を休んだのは、榛名さんといるからじゃなくて、本当に体調を崩したせいかもしれないとか、そんなことばかり考えて心配してる。
　もしそうなら看病してあげなくちゃ。
　だって蓮はひとり暮らしだし、部屋で倒れてるかもしれないし……。
　大変な時は隣の家に住む幼なじみとして協力してあげたいもん。
　——でも、本当にそれだけの理由？
"幼なじみ"は言い訳で、ただ単純に私が蓮に会いたいからじゃないの？
　先日から繰り返してきた自問自答。
　ほんとはとっくに答えが出てるのに、素直に認めたくなくて気付かないフリをしてる。
　昨日からずっと榛名さんとの関係が気になって仕方ない

くせに……。
　蓮と親密そうな雰囲気をにおわせる彼女を見た時、ヒロくんに彼女が出来た時の何倍もショックを受けていた。
　胸がざわついて、息苦しくて、無性(むしょう)に泣きたくなった。
　あんなに大好きだったヒロくんの時より動揺していたなんて自分でも信じられない。
　だって、相手は蓮なのに。
　意地悪で、人をからかってばかりいる悪魔みたいな奴なのに。
　なのに、そんな蓮のことが──。
「……っ」
　俯いたまま歩いていたら、いつの間にか蓮の家の前に着いていて、インターホンを鳴らすのに躊躇した。
　もしかしたら部屋に榛名さんがいるのかもしれないと思うと不安で泣きたくなる。
　覚悟を決めてインターホンを押したものの、中からは返事がなくてシーンとしたまま。
　どうやら留守みたい。
　蓮、どこに行っちゃったの……？
　玄関ドアの前で呆然と立ち尽くしていると。
「──花穂？」
　すぐそばから名前を呼ばれて顔を上げたら、ちょうど学校帰りのヒロくんがエレベーターを降りてこっちに歩いてくるところだった。
「そんな悲壮(ひそう)な顔してどうしたの？　それも蓮の家の前で。

何かあった？」
「ヒロくん……」
　あ、駄目だ。
　ヒロくんの顔を見たとたん、ピンと張りつめていた感情が爆発して、目の縁にじわりと涙が浮かんできてしまった。
「もしかして、また蓮とケンカでもした？」
「……うぅん。違う、けど」
「けど？」
「……っ」
　この気持ちをなんて言葉にすればいいのかわからなくて黙り込む。
　焦燥感？
　それとも嫉妬？
　自分でも認めたくない、複雑でドロドロした感情。
　沈みがちな私を気遣うように、ヒロくんは私の頭をそっと撫でてくれて。
「……ひっく……っ……」
　ヒロくんの手が触れた瞬間、大粒の涙がぼろぼろと目から零れ落ちてしまった。
　泣きじゃくる私を見て何か思うことがあったのか、ブレザーのポケットからスマホを取り出してどこかに電話をかけだすヒロくん。
「……あ、もしもし亜佑美？　悪いんだけど、今日の予定キャンセルしていい？　ちょっと大事な用が入ったから。うん……うん、埋め合わせは今度するから。それじゃあ、

ごめん。ありがとう」
　彼女との約束を断るヒロくんに驚いて呆然としていると、通話終了の画面をタップしながら、
「僕でよければ相談乗るから」
　と言って、ヒロくんが優しく微笑んでくれた。

「ご、ごめんねヒロくん……。亜佑美さんと会う約束してたんでしょ?」
「とくに大した用事じゃないから気にしなくていいよ」
「でも……。亜佑美さんはヒロくんと会うの楽しみにしてただろうし、悪いことしちゃったなって今更になって罪悪感が……」
「きちんと埋め合わせするから大丈夫。それよりも今は、花穂の方が大事。放っておけないよ。今飲み物取ってくるから適当に座ってて」
　久々に訪れる矢島家。
　ヒロくんの部屋に通された私は、ローテーブルの前にちょこんと正座し、きょろきょろと辺りを見回した。
　また本棚に本が増えてる……。
　難しそうなタイトルの本がぎっしり並んだ本棚を見て、相変わらず読書好きなんだなぁと感心してしまう。
　必要最低限の物しか置いてないシンプルな蓮の部屋と違って、ヒロくんの部屋は書庫に近いというか、寝床(ねどこ)スペース以外はどこもかしこも本で溢れている。
　いくら本好きとはいえ、そろそろ整理しないと床抜けし

そう。
　以前、ヒロくんママが「半分ぐらい処分してほしいのよね」と私に愚痴を零してきたのも納得の量だ。
　最近はどんな本を読んでるんだろうと枕元に置かれた文庫本の表紙を確かめようとしたら、ちょうどヒロくんが部屋に戻ってきた。
「お待たせ。麦茶しかなかったんだけどいい？」
「うん。ありがとう、ヒロくん」
　ヒロくんからグラスを受け取り、ひと口飲ませてもらう。
　蓮が心配で急いで帰ってきたから喉が渇いてたんだ。
　麦茶を飲んでほっとしてたら、私の向かいに腰を下ろしたヒロくんが、ローテーブルに片肘をついて、真剣な目でこっちを見てきた。
　おそらく、どのタイミングで本題を切り出そうか考えてるんだと思う。
　優しいヒロくんらしい気遣いに感謝しつつ、私も覚悟を決めて「あのね……」と重たい口を開いた。
　話すべきか、黙っておくべきか。
　ギリギリまでたくさん悩んだけれど。
　昔から誰よりも信頼しているヒロくんだからこそ、正直な心の内を話せると思ったから。
　まず最初に打ち明けたのは、私と蓮が付き合っているというのは嘘だということ。
　蓮の嘘をすっかり信じ込んでいたヒロくんは「え、そうなの？」と驚いていたけど、腑に落ちるものがあるのかす

♡Last　大好きな悪魔　>> 281

ぐに納得してくれた。
「カップルにしては距離があるなと思った」
　と指摘された時は、思わず苦笑いしてしまったけれど。
　そこから、ヒロくんにいろんな思いを打ち明けて、蓮に対する気持ちをひとつずつ整理していった。
　３年ぶりに地元に戻ってきた蓮との再会。
　はじめは、昔のように意地悪してくる蓮が嫌で、大嫌いな存在だった。
　いつも人をからかってきて、手の上で転がされてばかり。
　──でも……。
　基本は意地悪なのに、ふとした瞬間のさりげない優しさや思いやり……いろんな顔を知る度に、自然と惹かれはじめて。
　昔と同じ部分もあれば、成長して変わった部分もあるのだと、以前よりも優しくなった蓮を見て、次第に意識するようになっていた。
　顔を合わせる度にドキドキしたり、私以外の女の子と親しげに話すのを見ただけでモヤモヤしたり。
　その原因がわからなくて、ずっと疑問だったけど。
　昨日、榛名さんに嫉妬している自分に気付いて。
　今日、絢人くんに告白された瞬間、脳裏に蓮の顔が浮かび上がって、ようやく本当の想いに気付けた。
「私ね、蓮のこと……大嫌いだったはずなのに、誰よりも一番気になってしょうがないの……」
　ぽたりと目から零れ落ちた涙が手の甲に跳ねて、次々溢

れてくる。
「……どうして気になるのか、もう答えは出てるんだろ？」
　私の話に相槌を打っていたヒロくんが、ふっと穏やかな表情を浮かべて柔らかく微笑む。
「答え……？」
「ちゃんとわかってるはずだよ。花穂が気持ちに蓋してるだけで、蓮に対する本当の気持ちを」
「……そう言われれば、昔のトラウマが強すぎて一生懸命気付かないフリしてたのかも」
「花穂はしょっちゅう蓮にいじめられてたからね」
　クスッと笑みを零すヒロくんにつられて私も泣き笑いする。
　そしたら、ほんの少し心が軽くなって。
「いつも泣かされてばかり。ほかの子には優しいのに、私にだけ意地悪な蓮が……大嫌いで……」
「うん」
「でも、本当は……」
　ユラユラと滲む視界。
　ふと脳裏によみがえる、過去の記憶。
　みんなの輪の中心にいる蓮をいつも遠くから見つめている、幼い日の私。
　本当はね、蓮に優しくしてもらいたかったの。
　楽しくお喋りしたり、もっといっぱい遊びたかった。
　でも、蓮は私にだけ意地悪するから……。
　てっきり嫌われてると思い込んで、蓮に近付くことを諦

め、自ら遠ざけた。
　嫌い、嫌い、私以外に優しい蓮なんか……ダイキライ。
　だから、優しいヒロくんのそばにいると安心したんだ。
　ヒロくんは決して私をいじめたり、傷付けたりしない。
　何よりも優しくしてくれる。
「……私ね、ヒロくんのことが好きだったの」
"過去形"で告白したのは、ヒロくんの言うとおり、もうとっくに自分の気持ちに気付いているから。
「ヒロくんに彼女が出来た時はすごく落ち込んだし、寂しかったし……本当に恋だと思ってた」
「でも、蓮に対する気持ちと比べたら全然違っただろ？」
　私の考えてることが全てお見通しなのか、ふっと楽しげに笑うヒロくん。
「……うん。違ったみたい」
　眼鏡の奥で優しく細められた目に、私も泣き笑いしながらこくりとうなずいて返事する。
　すると、僕も今だから白状するけど――と前置きして、ヒロくんがゆっくり話しだした。
「……僕も子どもの頃、花穂が好きだったんだ。多分、初恋だった」
　――カラン……。
　グラスの中で氷が揺れて、シンとした部屋の中に静かに音が響き渡る。
　突如打ち明けられた"意外すぎる告白"に、思わず面食らってしまって、一瞬で涙が引っ込んだ。

え、と大きく目を見開いて驚く私を見て、ヒロくんは予想どおりの反応だとでもいうようにクスッと笑っている。
「気付かなかっただろ？　花穂は昔から鈍感だから」
「全然……気付かなかった」
「ははっ、やっぱり。……でも、仮にもし、花穂が僕を好きだと思い込んでた時に告白して付き合っていたとしても、蓮が戻ってきた時点で別れてたと思うよ」
「え……？」
「だって、花穂は昔から蓮しか見てないから」
　過去を懐かしむように、当時の出来事を振り返りながら話すヒロくん。
　彼の目から見て、私は昔も今も蓮ばかり気にしてしょうがないように映っていたと聞かされ、かぁぁっと頬が熱くなる。
「花穂が僕に向ける好意は"家族"に対する好きと一緒で、これっぽっちも異性として意識されてる気がしなかったし」
「そんな、こと……」
「あるだろ？　本当に好きだったら、お風呂上がりの無防備な格好で僕の部屋に上がり込んだり、ふたりきりでいる時もなんの警戒もせずくつろいだりするわけないだろ？」
「……い、言われてみれば確かにそうかも」
「僕に彼女が出来てショックだったのも、家族を知らない人に取られるみたいで複雑だったからだと思う。実の兄妹みたく育った仲だしね。……そりゃ僕だって、妹みたく大

♡Last 大好きな悪魔 >> 285

事に思ってる花穂に彼氏が出来たら多少なりとも寂しくなるよ」
「ヒロくん……」
「僕は昔も今も花穂と蓮のことが大好きだよ。ふたりは僕の大切な幼なじみだし、その思いは一生変わらない」
「……うん」
「だからこそ、花穂には本当に好きな人と幸せになってほしいし、自分の気持ちに嘘ついてほしくないな」
　穏やかに笑いながら、私の頭をそっと撫でるヒロくん。
「……ありがとう」
　まるで本物のお兄ちゃんのように温かく私の気持ちを応援してくれている――そんな彼の優しさに、自然と感謝の言葉が口から零れ落ちていた。
　やっぱりヒロくんは優しいね。
　昔も蓮に意地悪されて泣いてる私を守ってくれて、花穂をいじめるなよって注意してくれた。
　私と蓮がギクシャクしてるとさりげなく仲裁に入ってくれたり、今だって弱気な私の背中を押そうと精いっぱい励ましてくれる。
「ヒロくんのおかげで大事なことに気付けたよ」
　グイッと袖口で涙を拭って、真っ直ぐ顔を上げて微笑む。
「私もヒロくんのこと大好きだよ。ずっとずっと、大切な幼なじみだから」
「うん。ありがとう、花穂」
　ううん。

お礼を言うのは私の方だよ、ヒロくん。
　何度感謝しても足りないくらい、いつも近くで見守っていてくれてありがとう。
　ヒロくんは"恋"じゃなかったって言うけど。
　……でもね、私の初恋の相手はやっぱりヒロくんだったと思うの。
『仮にもし、花穂が僕を好きだと思い込んでた時に告白して付き合っていたとしても、蓮が戻ってきた時点で別れてたと思うよ』
　けど、ヒロくんがそう言ったように、どちらかが想いを伝えていたとしても恋人にはなれなかったと思う。
　──それは、ヒロくんには亜佑美さんが。
　──私には"彼"が。
　出会うタイミングや、再会する時期が違ったとしても、必ず恋に落ちるべく出会う相手がいて、どうしたってその人に惹かれてしまうから。
　ヒロくんに話をして自分の気持ちをハッキリ認めたら、ぽっと光を灯すように心の中が温かくなっていって。
　モヤモヤが吹き飛んで、前向きな気分になっていた。

　──プルルルル……。
　スマホを耳に押し当てながら、ドキドキする胸を押さえて深呼吸。
　矢島家から自宅に帰ってきた私は、決心が揺らがないうちに覚悟を決めて"ある人物"に電話をしていた。

ベッドの上に正座して、腕に抱き締めたマカロン形の クッションをぎゅっと抱き締める。
　──お願い。出て……。
『……もしもし？』
　3コール目で繋がった着信にドキッとして、一瞬何を言 おうとしていたのか考えていた言葉が頭から吹き飛びそう になる。
　通話口から相手側の緊張する気配を感じとった分、変に 焦って混乱していた。
「も、もしもし……絢人くん？」
　普通に喋りたいのに声が震えて、絢人くんの名前を呼ぶ 声が極端に小さくなる。
　額にじんわり汗が浮かんで、この先の話をするのに躊躇 してしまう。
　──駄目だよ。自分の口からきちんと伝えないと。
　自分を厳しく叱咤すると、しゃんと背筋を伸ばして、
「あのね……会って話したいことがあるの」
　としっかりした声で自分の気持ちを語りはじめた。
　真剣な気配から何か感じとるものがあったのか、絢人く んは私が話している間、何度も優しく『……うん』と相槌 を打ってくれて。
　不覚にも、ほんの少し泣いてしまった。

◆悪魔に伝えたい

　ワー……ッ!!
　体育館中に響き渡る大勢の歓声とすさまじい熱気。
「が、頑張って絢人くん……！」
「行けーっ!!　頑張れ絢人ーっ！」
　男子バレー部の応援に駆けつけた私は、一緒に来ているアカリちゃんと声を揃えて絢人くんに声援を送り、右手を頭上よりも高く振り上げていた。
　試合はうちの高校が若干押され気味の状態でタイムアウトに。
　監督から指示を受けて、しっかりした顔つきでうなずく絢人くんを応援席から見守りながら、お祈りするように指を組んで手を合わせた。
　今朝、自主練中に肩を痛めた選手に代わって、急きょ試合に出ることが決まった絢人くん。
　はじめは緊張のせいか動きが鈍く、表情も強張っていたけど。
　２階のスタンド席から声の限り叫ぶ私達の声援に気付いてくれたのか、徐々に本来の動きを取り戻していって。
　激しい接戦を繰り返して僅差(きんさ)になるまで追い付いた。
　タイムアウトが終わってコートに戻る直前、大きな声でエールを送ったら、絢人くんはチラッとこっちを見上げて、握り拳を掲げてみせた。

——頑張れ。頑張れ、絢人くん……！

　思い返せば、数日前。
　ヒロくんに相談に乗ってもらって気持ちの整理がついた私は、絢人くんに電話して、彼を近くの公園まで呼び出した。
『——っ悪ぃ、遅くなった』
『ううん、全然待ってないっ。むしろ、急に呼び出してごめんね……』
　夕方にもかかわらず、絢人くんはすぐさま自転車を飛ばして駆けつけてくれて、ふたりで並んでベンチに腰かけた。
　最初は気まずい沈黙が流れて、しばらく無言だったけど。
　……このまま逃げちゃいけない。
　そう決意をした私は、彼の方を向いて勢いよく頭を下げた。
『ごめんね、絢人くん……っ』
　ぎゅっと目をつぶり、太ももの上で両手を握り締めながら正直な気持ちを伝える。
『……ほ、ほかに好きな人がいるの』
　自分の言葉で傷付けていやしないだろうかと想像するだけで胸が苦しくなるけど。
　罪悪感でいっぱいになるよりも、誠意をもって答える方が大切だと思ったから。
　目に浮かびそうになる涙をこらえて、真摯な態度で向き合った。

『……やっぱりな。まあ、なんとなく予想ついてたけど』

はぁーっと深い息を吐き出しながら、両手で顔を覆う絢人くん。

複雑そうな表情から彼のつらい気持ちが伝わり、ズキリと胸の奥が鈍く痛む。

でも、私に気を使わせないためか、

『つーか返事すんの早すぎだろ。マジで容赦ねぇ〜』

少しだけ悔しそうな顔を見せてから、ふっと苦笑してくれたんだ。

『ご、ごめんなさい……』

『だから何回も謝るなって。そりゃ全くダメージ受けてないわけじゃねぇけど、返事もらえてスッキリしたし。牧野さえよければ、ダチでいてくれるとオレ的には助かるっつーか……その、あれだ』

スッと右手を差し出し、『これからもよろしくな』と明るい笑顔を向けてくれる絢人くん。

『ありがとう……』

その手を握り返して、私達は固い友情の握手を交わしたんだ。

『……あのね、今度の試合、応援しにいったら駄目かな？』

『え？』

『あ、絢人くんにとって大事な試合だもん。"友達"として声援を送りたいよ』

『牧野……』

振った直後でムシの良すぎる話だと思うし、ふざける

なって怒られるかもしれない。
　けれど、絢人くんの活躍を応援する気持ちは本物だから、会場に駆けつけて声援を送りたい。
『お願い！』って真剣に頼み込んだら、絢人くんはすごく喜んでくれて。
『……ダチが応援しにきてくれんなら、気合入れて頑張んないとな！』
　そう言って、とびきり嬉しそうに笑ってくれたんだ。

　そして迎えた、試合当日。
　私と同じように藤沢先輩の応援をしに会場に駆けつけたアカリちゃんと一緒に、絢人くんの活躍を見守っていた。
　３セット目前半では押され気味だったものの、後半に入ってからどんどん点差が縮まっていって。
　結果は、わずか２点差でうちの高校が勝利した。
　最後の得点を入れたのは、……なんと絢人くん！
　見事なスパイクを決めた彼に会場は騒然。
　チームメイトも次々絢人くんの元へ駆け寄り、すれ違いざまに彼の肩を叩いたり、頭を撫でくり回したりと後輩の活躍に大喜び。
「か、勝ったよアカリちゃん……!!」
「やばいっ、最後のスパイク鳥肌立ったわ……。やるじゃん、アイツも。身長のハンデがあっても諦めずに努力し続けてきた成果だよね」
　興奮冷めやらぬままアカリちゃんと手を取り合ってチー

ムの勝利を喜んでいたら、絢人くんが私達に向かってVサインをして、満面の笑みを浮かべてくれた。

　試合が終わったあとは、アカリちゃんと会場の近くにあるカフェに移動して、少し遅めの昼食を取った。
　そこでさっきの試合の感想や、相原さんに誘われてフリマに参加することになった話をしていたら、アカリちゃんからも改まった様子で「報告したいことがある」と言われて。
　みるみるうちに赤くなっていく彼女の顔を見て、もしやと「藤沢先輩のこと？」と確認してみたら、
「……実は、昨日告白されて付き合うことになった」
　と嬉しい報告を聞かせてもらえて、興奮してしまった。
「おっ、おめでとう、アカリちゃん！」
「ちょっと。なんで花穂が涙ぐんでるのよ」
「だって……ぐすっ……、ずっと藤沢先輩に片想いしてるの知ってたから、嬉しくて……」
　自分のことのように喜ぶ私を見て、照れくさそうにはにかむアカリちゃん。
　ついにふたりがカップルに……と思ったら、それだけで
感慨深い気持ちになってじーんとしてしまう。
　ずっと見守り続けてきた親友の恋が実って、本当によかった……。
「まあ、一応そういうことで、花穂には一番最初に知らせておきたかったんだよね」

「わ、私、ふたりがずっと仲良しでいられるよう応援してるからね……！」
「ははっ、ありがと」
　嬉し泣きする私に「そろそろ泣きやんでよ〜」と冗談っぽく笑いながらハンカチを差し出してくれる。
　アカリちゃんから受け取ったハンカチで目元を覆っていると、
「ところで、花穂はどうなの？」
　と話題をこっちにすり替えられて、目を丸くしてしまった。
「ど、どうって……？」
「松岡くんとどうなってるのかな、って。最近、ようやく好きだって自覚したんでしょ？」
　テーブルに両肘をついて、からかうようにこっちを見てくるアカリちゃん。
　うっ、そうだった。
　つい最近、蓮への想いを打ち明けたことを思い出して、ふしゅーっと頬が熱くなる。
　人の恋愛相談に乗ることはあっても、自分からは滅多にしないので、恥ずかしくてもじもじしちゃうよ。
「……うん。好き」
　熟れたリンゴみたく真っ赤になってるだろう顔でポツリと呟くと、なぜかアカリちゃんに「クソカワ!!」と叫ばれて、ビクッとなった。
「あの、アカリちゃん……？」

「ああ、ごめんごめん。つい本音が出てたわ。で、あれからちゃんと連絡きたの？」
「…………」
「その顔は、相変わらず音沙汰ないんだ」
「……うん」
 一気に暗くなった私を見て、一瞬で事情を察してくれたらしい。
 どんまいと励ましてくれるアカリちゃんに苦笑すると、タイミング良く運ばれてきた食事に手をつけ、再び藤沢先輩の話題で盛り上がった。

 ――そう。
 実は、アカリちゃんが蓮を気にかけてくれたのにはワケがある。
 それは、みんなでプールへ出かけた翌日から一週間、ぱったりと蓮が姿を現さなくなったから。
 学校を休んだまま、ずっと家を留守にしているんだ。
 一応、ヒロくんには「しばらく出かける」って連絡してみたいなんだけど、私にはひと言もナシ。
 今頃どこで何してるんだろうって心配する半面、まだ榛名さんと一緒にいるのかな？って思うと複雑な気分になって……。
 嫌だな。
 こんなふうに嫉妬でモヤモヤしたくないのに、嫌なことばかり想像してしまう。

……会いたいよ、蓮。
会って、自分の気持ちを伝えたい。
だからお願い。
どうか、早く帰ってきますように──。

◆悪魔に会いたい

「今日もいない、か……」

蓮の家のインターホンを鳴らしても、相変わらず応答ナシ。

スマホに連絡しても返事がないし、モヤモヤは膨らみ続ける一方。

蓮の不在を確認するようになって、今日で10日目。

これだけ長く家を空けるなんて、一体どうしちゃったんだろう……。

心配だけど、蓮からの連絡を待つしかないし、気にしすぎても仕方ないから、今はフリーマーケットに向けてひとつでも多くの商品を作ることに専念している。

樹脂粘土で作ったいろんなお菓子をモチーフにしたスイーツデコのキーホルダーやストラップは、ざっと数えて20種類以上。

ほかにもUVレジンで作製したピアスやネックレス、ビーズで作ったブレスレットなんかも含めてかなりの量になった。

作業に没頭していると、ハンドメイドが大好きだってつくづく実感するし、ワクワクする。

フリマに参加するのははじめてだし、実際どんな感じになるのか予想もつかないけど。

商品を見てくれた人が、ひとりでも多く気に入ってくれ

♡Last 大好きな悪魔

ますように。
　たくさんの思いを込めて、無我夢中で取りくんだ。

　それからも着々と準備を進めて、ついに迎えたイベント前日。
　相原さんと明日の確認をしてから家に帰宅してきた私は、フリマに持っていく商品を丁寧に梱包(こんぽう)して、段ボールの中に箱詰めしていた。
「……いよいよ明日かぁ」
　額に浮かんだ汗を手の甲で拭い取りながら、感慨深げに呟く。
　ここまで準備するのは大変だったけど、あっという間だったな……。
　早く明日になってほしいような、ソワソワして落ち着かないような不思議な気分。
「あとは、コレとコレを袋詰めして……っと」
　ぼーっとしている暇はないので、すぐさま我に返って、引き続き梱包作業にいそしんでいると。
　──ポツ、と曇り空から雨が降りだして。
「わっ、雨だ」
　洗濯物を外に干したままだったことを思い出し、急いでベランダに向かう。
　サンダルをつっかけて、衣類を取り込んでいると、下の方から車のドアを開け閉めする音が聞こえてきて。
　あっちは確か、来賓客(らいひん)向けの駐車場だったっけ？と思い

ながら、なんとなく目線を下にやった私は、車から降りてきた人物を見て大声を上げそうになった。
　れ、蓮……!?
　7階から見下ろしているので、ハッキリ姿は確認出来ないけど……あの背格好は間違いなく蓮だ。
「えっ……」
　更に驚いたのは、蓮と一緒に車から出てきた相手が榛名さんだったから。
　パンツスタイルのタイトなスーツに身を包んだ榛名さんは、蓮と肩を並べてマンションの入り口へと歩いていく。
「なんでふたりが一緒に……？」
　頭の中が混乱して動揺を抑えきれない。
　やっぱり、ずっと榛名さんと一緒にいたの？
　ふたりの仲を疑りはじめたらキリがなくて、嫌な想像にドクドク胸が脈打つ。
　やっと……。
　やっと自分の気持ちに気付けたのに……。
「……ふっ……っ……」
　なんとか取り込んだ衣類を部屋に運んだものの、畳む気力もなく泣きじゃくっていると。
　──ピンポーン……。
　来客を知らせるインターホンの音が鳴って、まさかと思いながらドアモニターを確かめにいく。
　すると予想どおり、液晶画面には蓮が映されていて、ドクンと胸が騒いだ。

……こんな泣き腫らした顔で会いたくないけど。
　ずっと会いたくてたまらなかった気持ちの方が勝り、小走りで玄関に向かっていた。
　──ガチャッ……。
　静かにドアを開けると、黒いTシャツにジーンズ、腰にチェック柄のシャツを巻いた私服姿の蓮が、目の前に立っていて。
「久しぶり」
「痛っ」
　顔を合わせるなり、いきなりデコピンされて目を丸くする。
　指ではじかれた額を押さえながら、いきなり何するのと恨みがましい目でにらむと、「元気にしてた？」と聞かれて黙り込んでしまった。
　元気も何も……蓮がいなくて寂しかったなんて本当のこと言えるわけないじゃない。
「……っ、何度も連絡したのに返事もしないでどこ行ってたの？」
　質問する声が少し怒った口調になったのは、何日も連絡が取れなくて心配していたからと……拗ねていたせい。
　こっちに戻ってきてから、蓮とは毎日一緒だったのに。
　なんの音沙汰もなくて、どうでもいい存在だから連絡してくれないのかなって、少し不安になっていたんだ。
　でも、そんな私の心配をよそに、当の本人はケロッとした態度で。

「連絡って……ああ。スマホ故障して、修理に出す時間ないからそのままにしてた」
「こ、故障って……!?　れ、蓮がいない間、どれだけ心配したと思って……」
　まさかの真相に脱力して、ズルズルと玄関口にしゃがみ込んでしまう。
　修理に出す時間がないからそのままにしてたって……。
　そもそも私からの連絡に気付いてなかったわけ？
　あれだけ返事を気にしてた自分が馬鹿みたい。
　……でも、無事でよかった。
「なんでそんなほっとした顔してるの？　まさか、ずっと俺のこと気にかけてたとか？」
「……ッ、そ……そうだよ」
　冗談っぽく質問してきた蓮に、正直に答えたら。
「……は？」
　鳩が豆鉄砲を食ったような顔されて、耳のつけ根まで一気に熱くなった。
　は、恥ずかしい……けど、ほんとのことだもん。
　自分の気持ちを自覚する前だったら、即座に否定してたと思う。
　でも今は、蓮の前で素直な自分でいたいから。
　次に会えたら真っ先に伝えようと思っていた気持ちを話そうと、ゆっくり立ち上がる。
　胸に手を当てて深呼吸。
　結果は目に見えてるし、あとで後悔する羽目になるだろ

うけど、それでも言いたいんだ。
　いざ本人を前にしたら半端じゃなく緊張して、心臓の音が聞こえちゃうんじゃないかなって心配するぐらいバクバクしてるけど。
「花穂……？」
　じっと蓮を見据えて。
　手のひらをぎゅっと握り締めて、「あのね……」と正直な気持ちを打ち明けようとした、その時。
「ちょっと蓮ちゃ〜ん!!　キッチンの使い勝手が今いちよくわかんないんだけど、調理器具はどこに……って、お取り込み中だった？」
　バタンッと701号室のドアが開いて、蓮の家から榛名さんが飛び出してきた。
　それもなぜか、シャツの上にエプロンをまとった姿で。
　私と蓮が一緒にいるところを見て、あちゃ〜と言いたげに頬を掻く榛名さん。
　今、キッチンの使い勝手がどうのって言ってたよね？
　手料理を振る舞うほど親しい関係なのかとショックを受けていると、蓮がチッと短く舌打ちして、彼女を鋭くにらみ付けた。
「ちょっと、邪魔しないでくれるオバサン。花穂が何か言いかけてたのに話が中断しちゃったじゃん」
　——ん？
　榛名さんに向かって"オバサン"って……。
「ちょっとー！　誰がオバサンですって!?　このクソガキ

がっ」
　蓮に暴言を吐かれた榛名さんは顔を真っ赤にさせてツカツカ歩み寄ると、蓮の頭にゴツン！とゲンコツを落とした。
「えっ、えっ!?」
　いきなりの出来事にふたりの顔を交互に見比べて大パニック。
　こめかみに青筋を浮かせてフーフー怒っている榛名さんと、殴られた箇所を手で押さえながら忌々(いまいま)しそうに彼女を見下ろしている蓮。
　険悪ムードのふたりの間でオロオロしていると、蓮が苛立った様子で怒鳴りだした。
「……親父が帰ってきたら絶対本性バラすっ」
「あ〜ら。コウジさんはとっくに知ってるわよ。全部承知の上で私にプロポーズしてくれたんだから」
「なら、義理の息子になる予定の俺にも今から媚(こ)売って気に入られるよう努力した方がいいんじゃない？　俺が反対したら、親父も婚約撤回するかもしれないし」
「おあいにくさま。蓮ちゃんの裏表のある激しい性格はコウジさんから聞いてよぉ〜っくわかってるし、私が反対に『蓮ちゃんにいじめられた！』って訴えた方がコウジさんも動くわよ。どう？　今すぐ連絡して叱ってもらおうか？」
「……っんの、腹黒女」
「それはお互いさまでしょ」
　オホホッと口元に手を添えて高笑いする榛名さん。
　す、すごい……。

あの蓮を言い負かしてる。
　ところで、『プロポーズ』とか『義理の息子』とか気になるワードがいくつか飛び出してきたような……？
　それに、"コウジさん"って、蓮のお父さんの名前だし。
　ふたりの関係は一体……？
「それよりも。ねえ、花穂ちゃん」
「はっ、はい！」
　くるりと体の向きを変えて、私に話を振ってくる榛名さん。
「さっそくだけど、このあとって予定ある？　もしよかったら、うちで晩ご飯食べましょうよ。花穂ちゃんがいてくれた方が蓮ちゃんも嬉しいだろうし。ね？　──はい、決定。決まりだからね！」
「えっ、あの……」
「おっと、もうこんな時間！　そろそろ空港までコウジさんを迎えにいかなくちゃ。ってことで、やっぱり晩ご飯は出前にしましょう。今夜はお寿司よお寿司。それじゃあねっ」
　ニコニコしながら一方的に用件をまくし立てると、榛名さんは人の話を聞く間もなくピュンと家の中に引っ込んでしまう。
　すぐにバッグを持って戻ってくると、玄関前で呆然と立ち尽くす私達に「いってきま～す！」と笑顔で手を振り、エレベーターに乗り込んだ。
「…………」

「…………」
　その場に残された私と蓮は、しばし沈黙。
　嵐(あらし)のように去っていった榛名さんに唖然としていると、蓮が深いため息を漏らして「うぜぇ」と呟いた。

　——それからなぜか、私、蓮、榛名さん、コウジおじさんの4人で出前のお寿司を食べることに。
　榛名さんに空港まで迎えにきてもらったコウジおじさんは、松岡家のリビングで私と再会するなり、
「おおっ、お隣の花穂ちゃんじゃないか！　大きくなったねぇ」
　と懐かしそうに目を細めて、小さい頃みたいに私の頭をよしよししてくれた。
　蓮にそっくりな顔したコウジおじさんに微笑みかけられてドキドキしていると、ソファの隣に座っていた蓮が急に立ち上がって、コウジおじさんの手首をガッと掴んだ。
「——気安く触んないでくれる？」
「ちょっ、蓮……!?」
　実の父親相手に何威嚇して——!?
　ぎょっとする私とは対照的に、コウジおじさんは目をぱちくりさせて、次の瞬間「くっ」と噴き出した。
「ああ、そうだったな。蓮は子どもの時から……だもんな。悪かったよ」
　蓮は子どもの時から……なんなんだろう？
　コウジおじさんが軽率(けいそつ)だったと詫びる理由がわからなく

て首を傾げていると、「ところで」とほかの話題に切り替わって。
「昔からかわいかったけど、更に綺麗になったね。もしよければ、今度撮影する写真集のモデルにならないかい？ 花穂ちゃんなら、おじさん大歓迎だよ！」
　と、コウジおじさんからまさかのオファーが入り、ぎょっと目を見開いてしまった。
「モ、モデル!?」
「次の写真集でメインモデルを探していてね。どうだい？ 興味あるかな？」
　両手でカメラを構えるジェスチャーをしながら、にっこり笑いかけてくるコウジおじさん。
「お小遣いもたくさん入るし、もちろんとびっきりかわいく撮ってあげるし、いいこと盛りだくさんだ……」
「──花穂に変な話持ちかけたらマジでぶっ殺すよ」
　急な話に目をぐるぐる回してうろたえていると、横から蓮が顔を出して、キッとコウジおじさんをにらみ付けた。
「……おっと。つい癖で、すまない」
　息子の気迫に圧されたコウジおじさんは、両手を上げて降参のポーズ。
「あら〜。"世界のMATSUOKA"に写真を撮ってもらえる機会なんて滅多にないのに。もったいないわね〜」
　キッチンでお茶を入れていた榛名さんが人数分の湯呑みをおぼんにのせて運んできて、私達の前にコトリと置きながら冗談めかして笑う。

「榛名まで余計なこと吹き込むな――」
「あっ、今インターホン鳴ったわね！　注文してたお寿司が届いたんじゃないかしら？　確認してくるわね～っ」

　蓮が言い終わる前に、ピュンと玄関に向かう榛名さん。

　チラッと隣を盗み見たら、案の定、蓮が静かに怒り狂っていて、こめかみに何本も青筋を浮き立たせていた。

　どうやら、蓮と榛名さんはあまり相性が良くないみたい。

　でも――めずらしく、他人の前で素の態度でいるところを見る限り、彼女みたく自由奔放な性格の方が蓮とうまく付き合っていけるのかも。

「そういえば、コウジおじさん。榛名さんにプロポーズしたって話、本当なんですか？」

　ふと気になったことを思い出して質問したら「食事がてら、ゆっくり話してあげるよ」と微笑まれて。

　みんなでお寿司を食べながら、じっくりその話を聞かせてもらえることになった。

　蓮の父親、コウジおじさんは、企業広告のポスターに雑誌、写真集と多岐に渡って活躍している人気のカメラマン。

　コウジおじさんが手がけた写真集は「被写体の魅力を最大限まで引き出す」のが特徴的で、出す本が全て飛ぶように売れることから、絶えずオファーが舞い込んでいる。

　大手芸能事務所のタレント以外にも、個人で出す写真集は全く無名の素人(しろうと)を起用することが多く、そこからブレイクして芸能界デビューする人もいるほど。

"世界のMATSUOKA"と呼ばれるほど、その業界では有名なカメラマンなんだ。

3年前——蓮が引っ越す前は、都内を拠点に活動していたけれど、田舎でひとり暮らししている蓮のおじいちゃんが体調を崩して地元へ帰ることに。

しばらく介護に専念するため仕事量をセーブしていたものの、その間に撮りためていた個人の作品を一冊の本にまとめて去年の暮れに発売。

すると、その写真集が世界的評価を受けて、海外からのオファーが殺到する事態に。

ちょうどその頃、蓮のおじいちゃんも体調が良くなっていって。

蓮のおじいちゃんに「親に縛られないで好きな生き方をしろ」と説かれ、海外に拠点を移す決断をしたそうだ。

蓮は「日本に残る」と主張したので、元のマンションに戻ってくることに。

——で。さっきから気になっている本題はここから。

コウジおじさんと榛名さんの関係についてなんだけど。

実は、榛名さんの仕事は、コウジおじさんが撮影を手がけている人気ファッション誌の編集者。

それも以前、蓮が掲載された『ストロベリー・ティーンズ』の編集部で働いていると聞かされ驚いた。

よき仕事仲間として接するうちに、次第に恋愛感情が芽生えたふたりはお互いの存在を意識するように……。

榛名さんから告白して付き合いはじめたものの、コウジ

おじさんが田舎に戻る時に、『ストロベリー・ティーンズ』の仕事を降りたことでなかなか会う機会がなくなり、すれ違いの日々が続いたそうだ。

それでも自然消滅の危機を乗り越え、交際5年目に入った今年、コウジおじさんがアメリカ行きを決めた時に、しっかり将来のことを話し合って、

『やっぱり僕には君が必要なんだ』

と、榛名さんに電撃プロポーズ。

榛名さんは二つ返事でOKして、コウジおじさんと海外に移り住む決意をしたそうだ。

「公私共に彼をサポートしていきたいと思ったのよ」

そう語る榛名さんはとても幸せそうに微笑んでいて、聞いている私まで温かい気持ちになった。

最後に、ここ最近蓮が姿を消していた理由を訊ねると、榛名さんとコウジおじさんがニンマリ目配せし合い、驚きの真相を聞かせてくれた。

「少し前に、うちの雑誌に蓮ちゃんが掲載されたでしょう？あの特集ページを見た企業のスポンサーが、ぜひとも今度のCMに蓮ちゃんを起用したいって頼み込まれて。で、そのCMを撮る監督に会わせたら、自分のドラマに出演してほしいって大騒ぎ！ 最初は『主演に〜』って話だったけど、蓮ちゃんが断っちゃって。それなら脇役でもいいからって急きょ来月放送予定のドラマに出演することになったのよ」

「人が断ってるのに、榛名が『うちの雑誌に投資してるお

偉いさんだから』って勝手にOK出したんだよ。海外までCM撮影だのポスター撮りだのして行って帰ってきたら、今度は都内のスタジオの撮影のあと沖縄でロケ。弾丸スケジュールで意味わからなかったね」
「そうは言うけど、最終的にギャラに目がくらんで引き受けたのは蓮ちゃんの方でしょ？」
「どっちも一回きりでいいからってしつこいから渋々OKしたんだよ。——まあ、素人相手にしては、破格のギャラだったから揺れた部分もあるけど。その代わり、何度も念押しするけど、今後、芸能事務所に所属する気は一切ないから」
「えーっ、もったいない。みんな、蓮ちゃんならすぐブレイクするって期待してたのに」
　し、CM撮影にドラマ出演……!?
　スケールの大きすぎる話にびっくり仰天。
　絶句して蓮を凝視してしまう。
　なんでも芸能事務所に所属していない蓮のために、榛名さんがマネージャー役を担って、全てのロケに同行したらしい。
「ちょうど先月退社して、アメリカに移住するまで時間があった時だからちょうどよかったわ」
「榛名ちゃんにはほんとに助けられたよ。いくら蓮でも、未成年の息子をひとりで現場まで向かわせるのは心配だったし。無事に撮影が済んで安心したよ」
　……そ、そういうことだったんだ。

全部の真相が明かされてほっとする半面、CMやドラマが放送されたら、また蓮の人気が上がっちゃうのかなって想像して、少しだけ複雑な気分。
　でも――。
「蓮が帰ってきてよかった……」
　すぐそばに、隣に蓮がいる。
　そのことが何よりも嬉しいから。
「それ、どういう意味？」
　太ももに片肘をついて、下から私の顔を覗き込んでくる蓮。
「な、なんでもない」
「いや、なんでもなくないでしょ」
「だから、なんでもないってば……っ」
　顔を熱くしながら叫ぶ私に、蓮は怪訝そうな表情で「花穂のくせに隠し事とか生意気」と言いながら、人の頬肉をぐにっと掴んでくる。
　子どもみたいな言い合いを始める私達を、榛名さんとコウジおじさんはニコニコしながら温かい目で見ていた。

◆悪魔に恋してる

　松岡家で晩ご飯をご馳走になって、しばらく4人で談笑したあと。
　お腹いっぱいになった私と蓮は、ベランダに移動してのんびりお喋りしていた。
　夕方に降りだした雨も今はすっかりやんで、夜空には星が瞬いている。
「……全部わかった今だから話すけど。正直、蓮と榛名さんは恋人なのかなって誤解してたよ」
「は？　榛名はああ見えてとっくにアラフォーだけど」
「えっ!?　嘘っ!!」
　どう見ても20代にしか見えないよ……。
「榛名は昔から若づくりだけは徹底してるんだよ。それよりどんな勘違いしてるわけ」
「ご、ごめん……」
　ベランダの柵を両手で掴み、しゅんと項垂れる。
　誤解が解けてほっとしたような、身近に存在した美魔女に度肝を抜かれたというか……。
　どんな手入れをしたら、あんなに若々しい外見を維持出来るんだろう。
　うむむ。ますます榛名さんへの謎が深まるばかりだよ。
「ん。わかればよろしい」
　──ぐに。

私の頬肉をつまみながら、蓮がニヤリと笑う。
　それだけで全身の熱が顔に集中したように熱くなって、ドキドキが止まらなくなってしまう。
　自分の気持ちを認めたとたん、今までの何倍も蓮がカッコ良く見えるなんて……こんな感情、知らなかったよ。
　蓮といるだけで幸せな気持ちになるなんて、以前の私が聞いたらびっくりすると思う。
　……ほんとに"大嫌い"だったのに。
　いつの間にか、こんなに"大好き"になっていたなんて。
「……蓮のCMやドラマが放送されたら、学校のみんな驚くだろうね。雑誌に載った時もすごかったのに、それ以上の騒ぎになりそう」
「どのみち一回きりの仕事だし、そのうち騒ぎもおさまるって。あんなの注目されるのなんて一瞬だし」
「そうかなぁ？　でも放送を見た芸能関係者からスカウトされたりとか……」
「話がきたとしても片っ端から全部断る。元々俺は大手企業に勤めて安定した高収入の生活を送るって決めてるし。芸能界なんていかないよ」
　首の後ろに手を添えて、面倒くさそうにため息を零す蓮。
　さ、さすが……。
　高1にして就職したあとのことまで考えてるなんて、どれだけ先を見越して生きてるんだろう？
「でも……」
　本人は興味ないかもしれないけど、周りが放っておくわ

けない。
　道端(みちばた)ですれ違う人すら虜にしちゃうのに、お茶の間に流れる全国のテレビで放送されたら、とんでもなく騒がれそう。
　……ただでさえモテるのに、これ以上人気になったら困っちゃうよ。
「何？　人の顔じっと見て」
「な、なんでもない」
　蓮から目を逸らして、こっそりため息。
　そうだよね。
　ライバルは大勢いるんだもん。
　いくら身近にいるからって、幼なじみの関係に甘えてたらいけないんだ。
　ちゃんと……勇気を出して前に進まなくちゃ。
「れ、蓮。あのねっ」
「ん？」
「明日、手芸部の相原さんと一緒にフリマに出るんだけど。……蓮も見にきてくれないかな？」
「フリマ、って何かするの？」
「うん。手づくりのアクセサリーとかいろいろ出す予定だよ」
　明日の朝、相原さんが親の車で家まで迎えにきてくれて、一緒に荷物を運び出す手はずになっている。
　会場に着いてからは、自分達のスペースに商品を搬入して、打ち合わせどおりにディスプレイする予定。

「駅からわりと近い小ホールで開催されるんだけど……駄目かな？」

　じっと上目遣いでお願いしたら、蓮が急に静かになって。

　よく見ると、ほんのり顔が赤らんでいるような……？

「かわ……いや、なんでもない」

「？」

　口元を押さえて、ふいっとそっぽを向く蓮。

　肩を小刻みに震わせて悶絶してるようにも見えるけど……気のせい、だよね？

「明日は午前中、親父達と出かける用事入ってるから、少し遅くなるけど……イベントの間に顔出しにいくよ」

「本当!?」

　目が嬉しくてたまらないというようにキラキラ光り、ぱぁっと明るい表情になる。

　蓮が見にきてくれると思うだけでやる気が溢れ、嬉しさのあまり両手でぎゅっと彼の手を包み込んでいた。

「私、接客とかはじめてで自信ないけど……でも、一生懸命頑張るね！」

　明日フリマに参加したら、内気な自分を少しでも変えられそうな気がする。

　そしたら、今よりも自信を持って蓮に伝えたいことがあるんだ。

　だから——。

「頑張れよ」

　——ポン、と私の頭を軽く叩いて、蓮が柔らかく微笑す

る。
　優しい眼差しに、鼓動が大きく高鳴って、じんわり頬が熱くなった。
「うんっ」
　満面の笑みでうなずき返し、明日頑張ることを誓って、蓮とゆびきりげんまんした。

　——そして、ついに迎えたフリーマーケット当日の朝。
「い、いよいよだね、相原さん」
「そうね。想像以上に人が多くてびっくりしたけど。なるべく平静に、楽しんで参加しましょう」
　イベント会場に荷物を運び込み、自分達のスペースに商品を並べ終えた私達は、商品に不備がないか確認しながら、あと10分後に迫った開催時刻に向けて最終調整を整えていた。

「今日は一緒に参加してくれてありがとう、牧野さん」
　ふたりで最終確認をしていたら、相原さんがふっと表情をやわらげ、小さく頭を下げてお礼してきた。
「私ね、ずっと夢だったのよ。仲のいい友人と自分達の手づくりしたものを売るのが」
「相原さん……」
「部活で牧野さんが作る物を見る度に『この人と一緒に参加したいな』って思ってたから、すごく嬉しいわ」
「わ、私こそ相原さんに誘ってもらえてすごく嬉しかった

よ！　誰かに手に取ってもらえるかもって想像しながら準備するのも、いつも以上にワクワクしたし」
「ふふ。そう言ってもらえて何よりだわ。今日は初参加で戸惑うこともあるだろうけど、何か困ったことがあればすぐに聞いてね。きちんとフォローするから」
　普段から落ち着いていてしっかり者の相原さんだけど、今日は一段と頼もしく見えるよ。
　主に、接客方面で助けてもらうことになりそうだけど、なるべく足を引っ張らないよう私も頑張らなくちゃ。
　一生懸命配置した商品を眺めながら、ふと思う。
　偶然、同じ部活で知り合った私達。
　はじめは全然会話もなくて、どうしたらもっと仲良くなれるんだろうって悩んだこともあったけど。
　相原さんと親しくなれて本当によかった……。
「が、頑張ろうね、相原さんっ」
　小さくガッツポーズを作ると、相原さんはクスッと笑って、「ええ。目いっぱい楽しみましょう」と微笑んでくれた。

　イベントが始まると、会場の中にたくさんの来場客が訪れ、ホール全体が賑わいを見せた。
「コレ超かわいいっ」
「い、いらっしゃいませ！」
　私達のスペースにも大勢の人が来てくれて、その都度、自分の作った商品を手に取って見てもらえることにドキドキした。

♡Last 大好きな悪魔 ≫ 317

　しばらくすると、中学生くらいの女の子が、
「この苺ショートのストラップ、めっちゃかわいいですね！ お姉さんが作ったんですか？」
　と、机の上に並べたストラップを指しながら話しかけてくれて。
「そ、そうです」
　緊張しすぎて真っ赤になってるだろう顔でうなずくと、女の子は「すごい！」と目をキラキラさせて褒めてくれた。
「じゃあ、コレください」
「あっ、ありがとうございます！」
　小袋にストラップを包んで、代金と引き換えに手渡す。
　女の子は大事そうに商品を受け取ると、満足そうににっこり笑みを浮かべて去っていった。
　う、売れた……。
　自分が作った物をお客さんが買ってくれた。
　その事実に興奮して、達成感が胸いっぱいに広がっていく。
　……やばい。
　なんだろう、この感覚。
　嬉しすぎて今にも泣きだしそうだ。
　商品が売れる度に、相原さんも一緒に喜んでくれて。
　その都度、必死に涙をこらえていた。
　はじめは不慣れでぎこちなかった接客も、お客さんと会話するうちに緊張がほぐれていって、素の笑顔で話せるようになっていた。

ただただ嬉しくて。
楽しい気持ちで胸がいっぱいで。
まるで夢の中にいるような、幸せなひと時だった。
こんな私でも、自分が作る物で誰かを喜ばせたり、笑顔にすることが出来るんだ、って。
引っ込み思案で人見知り。
内気な自分が、こんなに人と積極的に話せることも驚きだった。
そして——。
予定よりもずいぶん早く商品がなくなり、残りはパンケーキのキーホルダー1個のみに。
ほかに売る物もないし、相原さんと早めに片付けて撤収しようか相談していると。
「——すみません。コレください」
スッと目の前に現れたひとりの男性客がキーホルダーを指差して、ニッと微笑んだ。
「っ」
顔を上げるなり、呆然と目を見開く。
なぜなら、テーブル越しに向かいに立っているのが——
蓮、だったから。
「ラス1とかすごいじゃん。ほかのやつ、みんな売り切れたんだろ？」
急いで駆けつけてくれたのか、蓮の額には汗が滲んでいて、息も軽く弾んでいる。
「遅れてごめん。でも、なんとかギリ間に合ってよかった」

「そんな……来てくれただけで嬉しいよ」
　蓮が……来てくれた。
　そのことが何よりも嬉しくて、目の奥がじわじわ熱くなっていく。
「……っ、ふ」
　泣くつもりなんかないのに、蓮を見たとたん、ほっと力が抜けて。
　気付いたら目から涙が零れ落ちて、子どものように泣きじゃくっていた。
「……牧野さん。ちょっと出かけてくるから、松岡くんとここで待機してもらってもいいかしら。『CLOSE』の看板は出しておいたから、お客さんも来ないだろうし、しばらくゆっくりしてて」
　私達に気を使ってくれたのか、さりげなく席を外す相原さん。
　すれ違いざまに、コッソリ耳元で「……応援してるわよ」と囁かれ、蓮への想いを見抜かれていたことに驚いた私は目をぱちくりさせてしまった。
　口元にうっすら笑みを浮かべた彼女を見て、私も小さく微笑み返す。
　相原さん、ありがとう……。
　彼女の厚意を無駄にしないよう、しゃんと背筋を伸ばして蓮と向かい合う。
　一瞬、左手に視線を落としたのは、蓮がプレゼントしてくれた"手錠"代わりのブレスレットを見るため。

今だけお守り代わりに使わせてね。
　——大丈夫。
　勇気を出して。
　気持ちを伝えることは、決して怖いことじゃないよ。
「蓮」
　スッと深呼吸して、蓮の目を真っ直ぐ見つめる。
　ザワザワしている会場内。
　大勢の話し声に掻き消されないよう、彼の腕を引っ張って、自分の元へ引き寄せながら打ち明ける。
　耳元に唇を寄せて、内緒話をするように。
「……好き」
　きっと今鏡を覗いたら、これ以上ないぐらい真っ赤な顔して、素直な気持ちを伝えた。
「…………」
　突然の告白に驚いたのか、蓮は面食らったように呆然としている。
　数秒沈黙すると、『もう一度言って』というように右手を耳に添えて、私に顔を近付けてきた。
　もしかして聞こえなかったのかな……？
　二回も言うのは恥ずかしいけど、更に頬を熱くさせて「蓮が、好き……」って呟いたら。
「はあぁ!?」
　耳をつんざくような大絶叫を返され、目をぎゅっとつぶり、両手で耳を塞いだ。
　えっ、えっ!?

私、何かおかしなこと言ったかな？
　心配になってオロオロしてたら。
「……いつから？」
「え？」
「だから、いつから俺のこと好きなわけ？」
　後ろ髪を掻き乱して、蓮が不可解な面持ちを浮かべて質問してくる。
　顔は俯いていてよく見えないけど、めずらしく動揺してるみたい。
　えっと、これは……。
　蓮の顔が私以上に赤くなってる気がするのですが？
「い、いつからって聞かれても……わかんないよ」
「はぁ？」
　納得いかなそうに眉をひそめる蓮。
　でも、そんな真っ赤な顔でにらまれてもちっとも怖くないよ。
「だって……いつも一緒にいるうちに。気付いたらドキドキするようになってたんだもん」
「……っ」
「この前、ヒロくんに相談したら、"花穂は昔から蓮しか見てないから"って指摘されて、余計頭の中がこんがらがってたし……」
「でも、好きって思ったんだろ？　……俺のこと」
「う、うん……」
　なんでこんな誘導尋問受けてるのか謎だけど、蓮の返事

はどっちなのかな……？
　急に不安になって、蓮から視線を逸らそうとしたその時。
「今更気付くとか鈍すぎだよ、馬鹿」
　──グイッ!!
　蓮に腕を引っ張られて、ぎゅっと力強く抱き締められた。
　広い肩口に額が埋まり、大きく目を見開く。
　後頭部に腕を回されているせいでうまく身動きがとれない。
　……あ。
　蓮の心臓の音、すごく速く鳴ってる。
　私と同じぐらい──ううん、それ以上に。
　どんな表情をしてるのか気になって顔を上げようとしたら、その前にクイッと長い指に顎先を持ち上げられて、瞬(まばた)きする間もなく、蓮に唇を塞がれていた。
　瞬間、周囲の喧騒(けんそう)が遠のいて。
　ここが公衆の面前だということも頭から吹き飛んで、好きな人からのキスを受け入れていた。
　クラリと眩暈がしそうな甘い胸の高鳴りに、思わず身を委ねて……。
　少しして離れると、蓮は恥ずかしそうに口元を手で隠し、深い息を吐き出した。
　それから、私を腕に抱きとめたまま、苦虫を噛み潰したような顔で本音を零したんだ。
「──こっちは花穂を振り向かせるのに何年かかったと思ってんの？」

「え……?」
「子どもの頃からずっと花穂のことが好きで、ちょっかい出してたのに……。いつもヒロんとこばっか行くし」
「そっ、それは蓮が意地悪ばっかりしてくるから、ヒロくんのところに避難してたんじゃない」
「それでも、ほかの男のところに行かれるのは腹立つんだよ」
「み、身勝手すぎる……」
　あまりにも勝手な言い分に呆れていると。
「男は好きな女ほどいじめたくなるもんなんだよ。……気付けよ、馬鹿」
　蓮が照れたように言うから、私まで恥ずかしくなって火がついたようにボンッと顔が熱くなってしまった。
「……ねぇ、蓮。今、私のこと好きって言ったよね?」
　そろそろと蓮の背中に腕を回して、きゅっと抱きしめ返す。
　質問した直後、涙がとめどなく流れて、温かい気持ちで満たされた。
　ああ、幸せだな……。
　蓮がいとしくてしょうがない。
「……やっと捕まえた」
　返事代わりに耳元で囁かれた吐息交じりの言葉。
「もう俺だけのものだ」
　宝物を手に入れた子どもみたいに、蓮が無邪気な顔で笑うから、私もつられて笑ってしまった。

好きだよ、蓮。
　大好き。
　今こうして蓮に触れていることが何よりも嬉しくて仕方ないの。
"好き"って想えば想うほど、幸せな気持ちになる。
　この感情を人は「恋」って呼ぶんでしょう？
「ずっと花穂が好きだった」
　私の目に浮かぶ涙を指先で拭い取りながら、蓮がとびきり嬉しそうな笑顔で告白してくれた。

♡エピローグ

「それ、いつまでやるわけ？」
「んー、あと少し。もうちょっとだけ待ってて」

　完成したマカロンのスイーツデコにペンチでキーホルダー用の金具をつけていると、ふて腐れた蓮が横から作業の邪魔をしてきて、金具を通すリングの穴が変な形に曲がってしまった。
「あーっ」

　ショックを受ける私に、蓮は謝るどころか「残念」とひと言。

　ひ、ひどい！　自分が構ってもらえないからって作業の邪魔するなんて、小さな子どもと一緒じゃない！

　……でも、そうまでして私に相手してもらいたがってるところは、気まぐれな猫みたいでかわいいかなと思ったり。

　せっかく蓮の部屋にいるのにハンドメイドの作業に没頭して放置しすぎた自分にも非があるからおあいこかな？

　蓮と付き合いはじめてから、3か月。
　季節は秋を迎え、街の景色は綺麗な紅葉で色づいている。
　私達の付き合いは順調で、なんの問題もなくうまくいってる――と言いたいところだけど。
　先日、蓮がテレビ出演したCMとドラマが全国放送された時はひと波乱起きて大変だった。

『あの美形は誰だ！』と視聴者からの問い合わせが殺到して、名だたる芸能事務所から連日のスカウトを受けた蓮。

学校中大騒ぎで、蓮の周囲はてんやわんやだった。

他校の生徒どころか、他県の人まで蓮をひと目見ようと高校に押しかけたり、ものすごい騒ぎだったんだ。

そんな状況下で蓮と付き合ってることが周りに知れたらどうなるか──。

うん……想像しただけで背筋が凍るよね。

なので、騒動が落ち着くまでは、家族や一部の友人を除いて私達の交際は秘密にしている。

元々注目を浴びるのは苦手だしね。

蓮は不服そうだけど、私が泣きそうな顔でお願いしたら、ぐっとこらえたように「仕方ないな」って納得してくれた。

どうか、もう少し自分に自信を持てるようになるまでは周りにバレませんように。……切実にお願いします。

周りの人達の近況はというと。

3か月前、コウジおじさんと榛名さんが結婚したことから話そうかな？

ちゃんとした式は、向こうでの生活が落ち着いてから、来年するそうだけど、まずは籍だけでもと婚姻届を出して、晴れて夫婦になったふたり。

コウジおじさんが日本に来ていたのも、仕事と別にこのことがあったからだそうだ。

アメリカに発ったあと、蓮に家族についていかなくて本

当によかったのか訊ねたら、衝撃のカミングアウトをされて驚いた。
「なんで新婚の親父達についてかなきゃなんないんだよ。親がイチャついてる場面とか想像するだけで吐き気するわ。……そもそも、花穂に会いたくて地元に帰ってきたのに、海外行ったら意味ないだろ」
　——と、蓮がこっちに戻ってきたのは、私のそばにいたかったからだと発覚して、思わず赤面してしまった。

　ほかにも、アカリちゃんは相変わらず藤沢先輩と仲良しで、部活の合間にしょっちゅうデートしているみたい。
　絢人くんは夏休みの間にぐんぐん背が伸びはじめて、顔つきも男らしくなってきた。
　一方、その裏で相原さんが「木村くんのラブリーさが失われる……！」と嘆いているのは内緒の話だ。

　最後に、私はといえば——。
　フリマに初参加した日以来、前よりもいっそう物づくりにハマって、ハンドメイドに熱中してる。
　今は遠い夢の話だけど……、いつか自分のお店を開いて、いろんな人に喜んでもらえる商品を作れるようになれたらいいなって思ってる。
「もう、蓮ってば。来週、相原さんとフリマに参加するんだから作業の邪魔しないで」
　一度は許したものの、何度も作業を妨害してくる蓮に頬

を膨らませて注意すると。
「え？　誰に向かって口きいてんの？」
「だ、誰って蓮にだけど……」
「ふーん、花穂はそんなに俺と付き合ってることを学校の人達にバラされたいんだ？」
「ヒッ」
「そうかなぁ。勇気あるなぁ、俺の彼女は。今のこの状況で俺と付き合ってるなんてバレたら、周囲の女子が鬼の形相で花穂のところに乗り込んでくるだろうね」
「そ、それだけはやめてぇ……っ!!」
　半泣きでお願いすると、蓮が楽しそうに噴き出して。
「じゃあ、こっちきて」
　ベッドに後ろ手をついて座りながら、自分の足の間に座るよう指示してきた。
「……う、うん」
　ドキドキしながら、言われたとおりちょこんと体育座りすると、ぎゅっと後ろから抱き締められて身を固くする。
　ううっ。付き合って何か月も経つのに、こういうのはいまだに慣れなくて緊張するよ〜。
　……って、あれ？
　腰に回されていた手が、いつの間にか私が着ている制服のリボンを外して、ブラウスのボタンも上から順に外してるのですが!?
「ま、待っ……」
「待たない」

鼻歌交じりに私の服を脱がせていく蓮に、手足をジタバタさせて抵抗する。
「だ、駄目だよ！　そういうのは大人になってからじゃないと駄目だっていつも言ってるじゃないっ」
「だから、俺が大人にしてあげるって」
「……っ、そういう意味じゃないってば！」
　顔を真っ赤にして叫ぶと、蓮がニヤッと口角を持ち上げて、私をベッドの上に押し倒してきた。
　蓮が片膝をついてベッドの上に上がると、ギシリとスプリングの音が軋んで、頭が真っ白になってしまう。
「あああ、あのっ」
「ん？」
　私のお腹の上に跨って、右手で両手を拘束してくる蓮に「や、やっぱりまだ……」と涙目で断ろうとしたら、鼻で笑われ一蹴されてショックを受けてしまった。
「仕方ないから、今はとりあえずこれで我慢してあげるよ」
"あ、またからかわれた！"ってすぐに気付いたけど、唇にキスされた瞬間、全部どうでもよくなって。
「……意地悪」
　キスとキスの合間に頬を火照らせながら呟いたら、蓮がとびきり甘い笑みを浮かべて「なんとでもご自由に」って噴き出した。

END

あとがき

はじめましての皆様、そして、これまでにもサイトや書籍で著書を読んで下さったことのある皆様、こんにちは。

この度は『俺が意地悪するのはお前だけ。』を手に取って下さり、誠にありがとうございます。

もしかしたら既にサイト版で目にして下さった方はお気づきかもしれませんが、蓮の性格はサイト版と書籍版で全く違う性格になっています。
"意地悪男子"というキャラ付けは一緒ですが、サイト版の方は「俺様気質なドS」、書籍版の方は「腹黒なマイルドS」に変更しているので、よければ読み比べてみて下さいませ。どっちもお気に入りなので、両方楽しんでいただければ幸いです。

書籍版をどっちの性格にしようか悩んでいた時、「マイルドSのほうでいかせてください！」と選んで下さった担当さんに心から感謝しています。

もともと、このお話の原案は４年近く前に書いたものでした。「意地悪くんと泣き虫ちゃん」というタイトルで一時期ネットに上げていたのですが、いちから書き直したいなと思い、去年の秋、文章を全文書き直してリメイクしたものになります。

あとがき 》》 331

　当時から花穂と蓮に強い思い入れがあったので、今回こうして本にする機会をいただけて本当に感謝しています。
　これも全て、日頃からお話を読んで下さる皆さんのおかげです。言葉にしてもし足りないくらい、日々、感謝しております。

　このあとがきを書いている時点では、まだカバーイラストを拝見できていない状態なのですが、榎木りか先生がイラストを担当して下さると連絡が入った日は、嬉しさのあまり「えっえっ!?」と声に出して震えるくらい大興奮してしまいました。実は、蓮の性格をマイルドＳに変えたのも、榎木先生の絵柄に似合う男子にしたいからという理由があったり……♡　榎木先生の可愛い絵柄とほんわかした作風の漫画が大好きなので、今回ご一緒させていただけてとても光栄でした。
　改めて、イラストを担当して下さった少女漫画家の榎木りか様、デザイナーの金子様、関係各位の方々に深くお礼申し上げます。

　最後に、このお話を読んで下さった皆さんに最大限の感謝を込めて。いつも本当にありがとうございます！

2019年4月　善生茉由佳

作・善生茉由佳（ゼンショウ　マユカ）
第14回デザートまんが原作用ヤングシナリオ（佳作）、第124回コバルト短編小説新人賞（入選）、iらんど大賞2008 シーズン3（COMIC魔法のiらんど原作賞)受賞。『ラブリー★マニア』（集英社刊）にて書籍化デビュー。『涙想い』で2014野いちごグランプリブルーレーベル賞を受賞、書籍化。その後、『ナミダ色の恋～セツナイ片想い～』『はつ恋～ずっと、君だけ～』『泣いてもいいよ。』『この想い、君に伝えたい。』（すべてスターツ出版刊）ほか、多数書籍化されている。

絵・榎木りか（エノキ　リカ）
埼玉県在住の漫画家。主な作品に『次はさせてね』（シルフコミックス）など。趣味は猫の写真を眺めること。

ファンレターのあて先
♥

〒104-0031
東京都中央区京橋1-3-1
八重洲口大栄ビル7F

スターツ出版（株）書籍編集部 気付
善生茉由佳先生

この物語はフィクションです。
実在 の人物、団体等とは一切関係がありません。
物語の中に、一部法に反する事柄の記述がありますが、
このような行為を行ってはいけません。

俺が意地悪するのはお前だけ。

2019年4月25日　初版第1刷発行

著　者	善生茉由佳
	©Mayuka Zensyo 2019
発行人	松島滋
デザイン	カバー　金子歩未
	フォーマット　黒門ビリー&フラミンゴスタジオ
DTP	久保田祐子
編　集	相川有希子
	佐々木加かづ
発行所	スターツ出版株式会社
	〒104-0031 東京都中央区京橋1-3-1　八重洲口大栄ビル7F
	出版マーケティンググループ　TEL03-6202-0386
	（ご注文等に関するお問い合わせ）
	https://starts-pub.jp/
印刷所	共同印刷株式会社
	Printed in Japan

乱丁・落丁などの不良品はお取替えいたします。上記出版マーケティンググループまで
お問い合わせください。
本書を無断で複写することは、著作権法により禁じられています。
定価はカバーに記載されています。

ISBN　978-4-8137-0674-8　C0193

ケータイ小説文庫　2019年4月発売

『幼なじみの榛名くんは甘えたがり。』みゅーな**・著

高2の雛乃は隣のクラスのモテ男・榛名くんに突然キスされ怒り心頭。二度と関わりたくないと思っていたのに、家に帰ると彼がいて、母親から2人で暮らすよう言い渡される。幼なじみだったことが判明し、渋々同居を始めた雛乃だったけど、甘えられたり抱きしめられたり、ドキドキの連続で…!?
ISBN978-4-8137-0663-2
定価：本体590円＋税

ピンクレーベル

『俺が意地悪するのはお前だけ。』善生菜由佳・著

普通の高校生・花穂は、幼い頃幼なじみの蓮にいじめられてから、男子が苦手。平穏に毎日を過ごしていたけど、引っ越したはずの蓮が突然戻ってきた…！高校生になった蓮はイケメンで外面がよくてモテモテだけど、花穂にだけ以前のままの意地悪。そんな蓮がいきなりデートに誘ってきて…!?
ISBN978-4-8137-0674-8
定価：本体590円＋税

ピンクレーベル

『新装版　眠り姫はひだまりで』相沢ちせ・著

眠るのが大好きな高1の色葉はクラスの"癒し屋"。旧校舎の空き教室でのお昼寝タイムが日課。ある日、秘密のルートから隠れ家に行くと、イケメンの純が！　彼はいきなり「今日の放課後、ここにきて」と優しくささやいてきて…。クール王子が見せる甘い表情に色葉の胸はときめくばかり!?
ISBN978-4-8137-0664-9
定価：本体590円＋税

ピンクレーベル

『ずっと消えない約束を、キミと』河野美姫・著

高校生の渚は幼なじみの雪緒と付き合っている。ちょっと意地悪で、でも渚にだけ甘い雪緒と毎日幸せに過ごしていたけれど、ある日雪緒の脳に腫瘍が見つかってしまう。自分が余命僅かだと知った雪緒は渚に別れを告げるが、渚は最後の瞬間まで雪緒のそばにいることを決意して…。感動の恋物語。
ISBN978-4-8137-0665-6
定価：本体580円＋税

ブルーレーベル

ケータイ小説文庫 好評の既刊

『悪魔の封印を解いちゃったので、クールな幼なじみと同居します！』神立まお・著

突然、高２の佐奈の前に現れた黒ネコ姿の悪魔・リド。リドに「お前は俺のもの」と言われた佐奈はお祓いのため、リドと、幼なじみで神社の息子・晃と同居生活をはじめるけど、怪奇現象に巻き込まれたりトラブル続き。さらに、恋の予感も!?　俺様悪魔とクールな幼なじみとのラブファンタジー！

ISBN978-4-8137-0646-5
定価:本体 590 円+税

ピンクレーベル

『一途で甘いキミの溺愛が止まらない。』三宅あおい・著

内気な高校生・菜穂はある日突然、父の会社を救ってもらう代わりに、大企業の社長の息子と婚約することに。その相手はなんと、超イケメンな同級生・蓮だった！　しかも蓮は以前から菜穂のことが好きだったと言い、毎日「可愛い」「天使」と連呼して菜穂を溺愛。甘々な同居ラブに胸キュン!!

ISBN978-4-8137-0645-8
定価:本体 590 円+税

ピンクレーベル

『腹黒王子さまは私のことが大好きらしい。』＊あいら＊・著

超有名企業のイケメン御曹司・京壱は校内にファンクラブができるほど女の子にモテモテ。でも彼は幼なじみの乃々花のことを異常なくらい溺愛していて…。「俺だけの可愛い乃々に近づく男は絶対に許さない」――ヤンデレな彼に最初から最後まで愛されまくり♡　溺愛120%の恋シリーズ第３弾！

ISBN978-4-8137-0647-2
定価:本体 590 円+税

ピンクレーベル

『求愛』ユウチャン・著

高校生のリサは過去の出来事のせいで自暴自棄に生きていた。そんなリサの生活はタカと出会い変わっていく。孤独を抱え、心の奥底では愛を欲していたリサとタカ。導かれるように惹かれ求めあい、小さな幸せを手にするけれど…。運命に翻弄されながらも懸命に生きるふたりの愛に号泣の感動作！

ISBN978-4-8137-0662-5
定価:本体 590 円+税

ブルーレーベル

ケータイ小説文庫　2019年5月発売

『新装版　好きって気づけよ。』天瀬ふゆ・著

モテ男の凪と天然美少女の心愛は、友達以上恋人未満の幼なじみ。想いを伝えようとする凪に、鈍感な心愛は気づかない。ある日、イケメン転校生の栗原が心愛に迫り、凪は不安になる。一方、凪に好きな子がいると勘違いした心愛はショックを受け…。じれ甘全開の人気作が、新装版として登場！
ISBN978-4-8137-0685-4
予価：本体500円＋税

ピンクレーベル

『隠れオオカミくんの誘惑（仮）』雨乃めこ・著

クラスでも目立たない存在の高校2年生の静音の前に、突然現れたのは、イケメン爽やか王子様の柊くん。みんなの人気者なのに、静音とふたりだけになると、なぜか強引なオオカミくんに変身！「間接キスじゃないキス、しちゃうかも」…なんて。甘すぎる言葉に静音のドキドキが止まらない!?
ISBN978-4-8137-0683-0
予価：本体500円＋税

ピンクレーベル

『ルームメイトの狼くん、ホントは溺愛症候群。』＊あいら＊・著

高2の日奈子は期間限定で、全寮制の男子高に通う双子の兄・日奈太の身代りをすることに。1週間とはいえ、男装生活には危険がいっぱい。早速、同室のイケメン・嶺にバレてしまい大ピンチ！　でも、バラされるどころか、日奈子の危機をいつも助けてくれて…？　溺愛120％の恋シリーズ第4弾♡
ISBN978-4-8137-0684-7
予価：本体500円＋税

ピンクレーベル

『新装版　逢いたい…キミに。』白いゆき・著

遠距離恋愛中の彼女がいるクラスメイト・大輔を好きになった高1の葉月。学校を辞めて彼女のもとへと去った大輔を忘れられない葉月に、ある日、大輔から1通のメールが届き…。すれ違いを繰り返した2人を待っていたのは!?　驚きの結末に誰もが涙した…感動のヒット作が新装版として復刊！
ISBN978-4-8137-0686-1
予価：本体500円＋税

ブルーレーベル

書店店頭にご希望の本がない場合は、
書店にてご注文いただけます。